ACCOPPIATA AI BERSERKER

LEE SAVINO

LIBRO GRATUITO

Ricevi un libro segreto sui Berserker, "Allevata dai Berserker"
(solo per i fan più accaniti sulla lista e-mail di Lee=)
Vai qui per cominciare… https://geni.us/BredBerserkersIT

ACCOPPIATA AI BERSERKER

Un Highlander e un Vichingo rivendicano la propria donna...

Per più di un secolo, i guerrieri Berserker hanno combattuto e ucciso per i Re. Ma c'è un solo nemico che non possono sconfiggere: la bestia dentro di sé.

Una strega gli ha parlato di colei che può salvarli—una donna segnata da un lupo. L'hanno trovata e rivendicata. Ma li accetterà come compagni? Potrà placare la loro natura selvaggia prima che sia troppo tardi?

Il lupo mannaro del branco Highland, Daegan, non si sarebbe mai aspettato di sconfiggere la maledizione della sua famiglia. Ma quando una profezia racconta di una donna che possiede la cura per la sua rabbia da Berserker, lui e il suo fratello guerriero vichingo Samuel non si fermeranno davanti a nulla per rivendicarla. La portano nella montagna, la loro dimora, e l'addestrano secondo le regole del branco.

Ma il suo potere sarà abbastanza forte da rompere la
maledizione dei Berserker?

CAPITOLO 1

Il cervo stava pascolando al bordo del ruscello, con il palco orgoglioso che si rifletteva nell'acqua increspata. Lo osservai nascosta nell'ombra. Lo avevo seguito per chilometri, per sciogliermi i muscoli e godermi la caccia, e riuscivo quasi ad assaporare già la mia preda, seppure da lontano. Un vero lupo non sarebbe stato capace di abbattere una preda così grande senza il suo branco. Un uomo, invece, avrebbe potuto uccidere un cervo con arco e frecce, e faticare per portarlo a casa.Ma io non ero umano, e non ero un vero lupo.

Il vento cambiò senso e portò al mio naso un mix di odori diversi. A parte il solito profumo di fiori, sentii qualcosa di aspro. Un altro lupo, ma non uno a me familiare. Conoscevo gli odori del mio branco: quello era un intruso.

Il vento cambiò di nuovo quando il cervo si avvicinò al mio nascondiglio. Il mio lupo interiore dimenticò quell'odore preoccupante e si concentrò sulla preda appena oltre il torrente.

Mi trasformai. Un istante prima, l'acqua sotto di me rifletteva un uomo, muscoloso e dai capelli scuri. Subito dopo, un vento anomalo scosse le foglie e la figura umana venne sostituita da un grande lupo nero.

Il cervo alzò la testa a quella strana ondata di magia. Sentì l'odore del lupo che ero diventato, e corse via.

Fu un inseguimento molto breve.

Dopo, leccando via il sangue dalla zampa, non avevo voglia di trasformarmi di nuovo. Gli uomini erano lenti e stupidi, vincolati dalle loro regole. Non riuscivano a percepire con l'olfatto il caleidoscopio di colori che era la foresta, scegliendo invece di distruggerla col fuoco e vivere in baracche puzzolenti nel fango.

Il mondo non era forse più bello da lupo?

Ma sotto quella coscienza animale, votata alla semplicità, si nascondeva una bestia più oscura. Anche in quel momento, con il sapore del sangue in bocca, la creatura piena di rabbia lottava per il dominio del mio corpo. La contrastai, scuotendo la mia testa di lupo come per scacciare delle mosche. La mia frenetica lotta interiore mi portò al ruscello, dove osservai le mie fattezze canine ingrandirsi e mutare in qualcosa di grottesco…

Il mio naso canino captò un vago odore che proveniva dalla montagna che il mio branco chiamava 'casa'. Quel profumo rivelava che lì viveva una donna. Non una donna qualsiasi, ma la nostra.

La nostra compagna.

La bestia svanì. La ragione, invece, tornò.

Gustai il profumo femminile—leggero e fresco, delicato e semplicemente perfetto tra il fetore del sudore dei guerrieri. Era in attesa.

Un altro assaggio del suo delizioso profumo e mi trasformai: le zampe diventarono mani, la pelliccia si trasformò in capelli, e la sete di sangue della bestia svanì come se non ci fosse mai stata.

Corsi fino a casa, portandomi dietro il cervo.

Alla sommità del sentiero della montagna, un enorme guerriero stava di guardia, intento ad affilare la sua ascia. Wulfgar era stato un temibile guerriero anche prima di diventare un Berserker. I suoi lineamenti spigolosi si illuminarono alla vista della carne fresca.

Gettai il cervo ai suoi piedi.

«Caccia fruttuosa?» L'enorme guerriero diede un'annusata di apprezzamento.

Grugnii. Dopo aver passato del tempo sotto forma di lupo, la parola ci metteva un po' a tornare.

Wulfgar abbaiò un ordine a un altro lupo. «Arrostisci i pezzi migliori sul fuoco per la donna dell'Alpha. Dai il resto al branco.»

Feci un segno di ringraziamento a Wulfgar e al piccolo lupo rosso che era venuto a raccogliere la carcassa.

«Beta»,mi salutarono entrambi con un cenno della testa, avendo cura di distogliere lo sguardo dal mio per rispetto del mio rango. Anche se Wulfgar era più alto di me di una testa, io ero leggermente più dominante, se non altro per il mio legame con l'Alpha, Samuel.

Una brezza percorse la parete della montagna, smuovendo il fumo del fuoco che mi portò al naso il dolce odore di una donna.

Abbandonai il fuoco ed entrai nella grotta, seguendo il corridoio di pietra fino alle stanze che condividevo con Samuel... e con lei.

Percorrendo il corridoio, il profumo diventava sempre più forte. Mi bloccai sulla porta delle nostre stanze: all'interno, Samuel stava riposando nella sua forma di lupo, con striature fulve nella sua pelliccia grigia.

Lo salutai con un cenno del capo e mi diressi subito verso la pedana ricoperta di pelli che usavamo come letto, per dare un'occhiata alla donna dai capelli scuri rintanata tra le coperte.

Dorme ancora, esordì Samuel attraverso il nostro legame.

*Meglio smettere di sfiancarla,*gli risposi sorridendo.

Quasi lo fece anche lui. Era un Berserker da molto tempo, e aveva passato circa un secolo quasi totalmente in preda alla magia. Io ero stato il cordone che lo teneva legato al mondo, impedendogli di scatenare la furia omicida che gli avrebbe distrutto la mente. Combattemmo la bestia di Samuel, insieme, e cercammo in lungo e in largo la donna che, secondo la strega, lo avrebbe salvato—una donna segnata da un lupo.

Brenna.

Un respiro profondo, e il suo profumo mi riempì i polmoni. Il lupo tacque. Non avevo nemmeno realizzato quanto inquieto fosse finché non la vidi, e mi rilassai. Profumava di muschio e pino, e dei luoghi sicuri nascosti nella foresta.

Non c'era da stupirsi che il nostro grande Alpha si crogiolasse ai suoi piedi in forma di lupo, con la lingua penzoloni come un cucciolo. Dopo secoli di lotta, avevano finalmente trovato casa.

Feci per sdraiarmi accanto a lei sulla predella e Samuel emise un mezzo ringhio.

Non la sveglierò, gli spiegai attraverso il legame. *Non ancora. Voglio solo sdraiarmi accanto a lei.*

Aspettai un suo cenno, poi mi distesi circondandola, sotto le pelli.

Una volta avvicinatomi di più, seppellii il volto nella sua folta chioma scura.

Si mosse.

Curvai il corpo attorno a lei, lasciando che il suo calore penetrasse in me, godendomi le dolci curve del suo corpo.

Accanto alla pedana, Samuel ci osservava in forma di lupo, ansimando felice.

La mia mano scivolò sotto le pellicce per raggiungere un

seno. Giocai con la morbida manciata, sentendo il suo capezzolo indurirsi man mano e il suo corpo prendere vita.

Tenevamo la nostra compagna nuda per la maggior parte del tempo, fornendole alcuni abiti e mantelli ma soprattutto bracieri accesi tutt'intorno alla stanza. Io e Samuel vivevamo costantemente in allerta per proteggere la nostra donna da ogni altro. Non potevamo fidarci nemmeno del nostro branco, i nostri fratelli guerrieri. Il suo profumo era un richiamo di sirena, irresistibilmente dolce. Per questo motivo la tenevamo nascosta in quella camera, lontana dal mondo.

Chiusi gli occhi e inspirai, regalando al lupo ciò che desiderava, riempiendo i miei polmoni con la sua essenza.

Il mio corpo fremeva dal bisogno.

«Brenna»,sussurrai sulla sua nuca.

Lei sospirò e ogni parte di me si concentrò su quel leggero suono. Alzò la testa e i capelli le scivolarono dal collo, rivelando le cicatrici ramificate sulla gola, la testimonianza di una ferita brutale che aveva subito da piccola. L'attacco le aveva portato via la voce. Era stato un miracolo che non le avesse preso la vita, ma era sopravvissuta.

Ed ora era nostra.

Brenna si spostò avvicinandosi ulteriormente a me e il mio corpo reagì, riprendendo vita grazie a un flusso di sangue diretto all'inguine. Grugnii un po' mentre lasciavo scivolare il braccio sotto di lei, stringendo la presa e attirandola contro il mio corpo.

Non era una donna piccola per gli standard umani ma, paragonata a noi, era snella e perfetta. La sua morbidezza la rendeva soltanto più invitante.

Il suo sedere sfiorò il mio membro, lasciandomi a gemere tra i suoi capelli.

Daegan, mi rimproverò Samuel attraverso il legame. *L'hai svegliata.*

5

«Non ho potuto farne a meno» dissi io ad alta voce. «È una tentazione così sensuale...»

Con le mani cominciai ad esplorare la tenerezza del suo seno, il morbido avvallamento della sua pancia che terminava con i fianchi dolcemente svasati.

«Svegliati, piccola», canticchiai nel suo orecchio, intanto che le mie dita si muovevano a sud del suo ventre. «Farò in modo che ne valga la pena.»

Aprì gli occhi.

Non era la prima volta che desideravo che la nostra amata potesse parlare. Il danno alla gola l'aveva resa muta. Anche se non aveva mai avuto nessun problema ad esprimere i suoi sentimenti, avrei dato qualsiasi cosa per sentirla pronunciare il mio nome.

Le mie dita si spinsero alla ricerca di quel posto dolce e umido tra le sue gambe, impegnandosi per tirarle fuori almeno un sussulto. Quando quest'ultimo lasciò le sue labbra, sorrisi.

Sospirò di nuovo e mi chiesi quanto fosse sveglia davvero. Poi sfregò il suo sedere contro il mio inguine, e la sua guancia si alzò in un sorriso, lasciandomi intendere che sì, era sveglia.

«Che ragazza maliziosa» dissi, «Mi stai facendo eccitare.»Mi appoggiai su un gomito, appena sopra di lei. «Non sai che sei una tentazione sufficiente?»

Si sdraiò sulla schiena, sbattendo le palpebre di quegli occhi vogliosi e assonnati verso di me.

Non riuscii più a trattenermi: mi chinai e conquistai la sua bocca. Le mie dita approfondirono la loro esplorazione e rotearono tra le sue gambe, facendole ondeggiare i fianchi.

La magica riempì la stanza quando Samuel si trasformò da lupo a uomo. Prese posto vicino a noi.

Spostandomi sul corpo di Brenna, tracciai una scia di baci

dal suo collo fino ai seni, senza fermarmi finché non assaggiai il luogo segreto che nascondeva tra le cosce.

Lei si tese ma io le tenni le gambe aperte per leccarle il centro roseo mentre si contorceva.

Posizionato accanto alla sua testa, Samuel catturò la bocca della nostra amata, poggiando le mani sui suoi seni. Usando dita, labbra e lingua la stimolammo finché non vibrò come una corda di liuto tra i nostri corpi, pizzicata fino al punto di rottura. Samuel lasciò andare la sua bocca per mordicchiarle il lobo mentre io leccavo in basso. Tra selvaggi gemiti e contorcimenti, il suo corpo vacillò sull'orlo del piacere. La tenemmo bloccata tra noi finché non raggiunse l'apice ed esplose in mille pezzi.

Mentre lei ansimava per riprendere fiato, io e Samuel ci guardammo a vicenda con un mezzo sorriso in volto.

«Bellissima», disse lui, in modo da farmi sentire da Brenna.

«Decisamente.» Le accarezzai l'interno coscia.

Dopo un intero minuto sbatté le palpebre alzando la testa. Senza parlare, io e Samuel ci scambiammo di posto. La mise a quattro zampe e si posizionò dietro di lei, che si mosse obbedientemente mentre le teneva i fianchi in alto e allungava una mano per stuzzicarla.

Io, intanto, guidai la testa della mia amata sul mio membro dolorante. Lei obbedì al mio silenzioso ordine, succhiando così in fondo che le ginocchia quasi mi cedettero.

«Oh, piccola»gemetti, accarezzandole una guancia.

Samuel le afferrò i fianchi e io tenni la testa di Brenna ferma in vista della sua spinta. Lei sussultò quando lui si spinse in avanti. La potenza del suo movimento la guidò in avanti sul mio membro e, per un secondo, le raggiunsi la gola. La sensazione mi tolse il respiro.

Il legame tra me e l'Alpha vibrò in armonia con il corpo

della nostra amata tra noi. Le cinsi dolcemente la testa tra le mani mentre si muoveva avanti e indietro.

Samuel allungò di nuovo una mano per stimolarla a un altro orgasmo. La sua saliva colò intorno alla mia asta, facendomi venire urlando imprecazioni, con la mano chiusa a pugno tra i suoi capelli scuri.

Quel piacere si riversò sul legame tra noi, e gli occhi di Samuel furono avvolti dalle fiamme della lussuria. Mostrò per un attimo i canini mentre vacillava sull'orlo del baratro che separava l'uomo dalla bestia senza ragione.

Tolsi il membro dalla bocca della mia amata con uno schiocco, indietreggiando al segnale di Samuel. L'enorme guerriero biondo si inginocchiò nudo dietro la nostra donna, con i capelli dorati che gli pendevano dalle spalle. Fece scorrere una mano dietro la schiena di Brenna per calmarla e prepararla per una buona scopata.

Con un ringhio, si spinse in avanti. I suoi fianchi sbatterono sul sedere di lei e il suono dell'improvviso contatto delle pelli riempì la caverna. Mentre Samuel manteneva il suo ritmo brutale, le mani di Brenna si aggrapparono alle pelli, il suo respiro si spezzò nella gola ferita.

«Vieni.» A quell'ordine, il palmo della mano di Samuel colpì il lato della natica di lei, che aveva il sedere in alto. Gli occhi di Brenna rotearono quando obbedì, dimenandosi.

Samuel si agitò su di lei, le sue grandi mani le tenevano i fianchi mentre si liberava nelle profondità della donna. Una volta tiratosi fuori, le prese i capelli nel pugno e la guidò verso il suo membro, ordinandole di pulirlo con la bocca. Guardandola leccare remissivamente, il mio uccello si indurì nuovamente. La bestia dentro di me desiderava dominare la nostra amata, esigeva la sua dolce sottomissione. E non voleva di certo fermarsi lì...

Abbandonai quella linea di pensiero e mi sdraiai su un

fianco accanto a lei per giocherellare con i suoi seni penzolanti e ammirare l'arrossamento della sua pelle.

«Bella, bellissima ragazza», le dissi e mormorai le parole che desideravo fossero vere. «Sei fatta per noi.»

* * *

Molto più tardi feci la guardia alla nostra amata mentre Samuel era via. La guardai dormire, osservando la cascata di capelli corvini, le guance pallide come la luce della Luna.

Mia, disse il lupo, con cui avrei voluto essere d'accordo. Era nostra in ogni modo possibile. L'avevamo comprata dalla sua famiglia qualche Luna prima, e l'avevamo tenuta nella nostra tana, lontano dal branco. Lei sembrava accettarci. Le portammo notizie di quello che rimaneva della sua famiglia —le sue tre sorelle che stavano crescendo nel villaggio. Sua madre era morta due Lune prima, e noi le demmo la notizia. Samuel le chiese se volesse vedere la tomba ma Brenna scosse la testa per dirci di no.

Aveva abbandonato la sua vecchia vita per noi. E, ogni volta che rivendicavamo il nostro possesso su di lei, sembrava di tornare a casa. Ma era davvero quello il suo posto?

Lei è nostra. Disse Samuel attraverso il legame, avendo percepito la mia incertezza.

Finché la terremo con noi. Gli ricordai.

Perché mai dovremmo lasciarla andare?

Gli trasmisi il ricordo della mia caccia al cervo, avvenuta poco prima. *È successo di nuovo: ho quasi perso il controllo della bestia.*

Poi cadde il silenzio. Samuel non voleva ammettere che potesse accadere ciò che temevamo di più: la stessa bestia che Brenna riusciva a placare avrebbe potuto scatenarsi di nuovo.

La furia dei Berserker era leggendaria sul campo di battaglia. Molti Re se ne avvalevano per conquistare il potere. In tempo di pace, la bestia bramava lo spargimento di sangue. La magia che ci rendeva dei lupi era ereditaria, e ci avrebbe portati alla pazzia. Ecco qual era il prezzo del nostro enorme potere.

Brenna non sapeva nulla di tutto ciò: non sapeva che molti del nostro branco avevano ceduto alla bestia per andare incontro al loro triste destino. Una volta che la creatura prendeva definitivamente il possesso delle loro menti, Samuel li aspettava. Più di qualcuno era morto con il collo spezzato, e i corpi venivano scaraventati giù dalla montagna dall'Alpha in preda alla furia, non perché il suo controllo era venuto meno, ma perché gli altri non erano riusciti a trattenersi. L'Alpha proteggeva il branco, anche dai suoi stessi membri. Ma non poteva fare molto affinché la piaga non si propagasse ulteriormente. Eravamo guerrieri forgiati da mille battaglie, ma non potevamo vincere quella contro la nostra stessa mente. Prima di trovare la strega che ci aveva consigliato di cercare Brenna, stavamo perdendo.

Ripensai alle notti in cui la bestia ululava assetata di sangue...

Raccontami cos'è successo, disse alla fine Samuel. *Come hai ripreso il controllo?*

Ho sentito l'odore della nostra amata.

Proprio come avevano predetto le rune. Lei placa la bestia.

Allungai la mano e percorsi con un dito la guancia liscia della nostra amata. La sua pelle era così morbida, così piacevolmente profumata. Quella sera odorava di chiaro di Luna, di neve e di segreti custoditi nel cuore della terra... cose per cui nessun uomo avrebbe trovato le parole giuste per definirle, cose che soltanto un lupo avrebbe potuto capire pienamente.

La mia mano si chiuse attorno al suo collo. Il suo battito riverberò sul mio palmo.

Sia io che Samuel temevamo il giorno in cui si sarebbe svegliata e avrebbe scoperto chi eravamo veramente. Non solo licantropi, ma Berserker, maledetti da una magia ereditaria. Avevamo detto a Brenna di non aver paura del lupo, ma non avevamo mai menzionato cosa avrebbe dovuto temere davvero: la bestia.

Ci aveva visti in forma di lupo, ma non aveva ancora visto la bestia, neanche lontanamente.

Quando l'avevamo posseduta, forte e veloce, non aveva mai pensato a quale mostro si nascondesse dentro di noi? Riusciva a percepire quanto male avrebbe voluto farle, quella bestia?

Le mie dita si strinsero attorno alla sua gola. Una volta avevo quasi perso il controllo. Non poteva accadere di nuovo.

Non possiamo continuare a nasconderglielo. Il pensiero di Samuel si fece eco attraverso il legame. Allontanai la mano di lei, invaso dal senso di colpa. *La incontrerà, in un modo o nell'altro.*

No, è troppo pericoloso. Questo è il motivo per cui abbiamo passato secoli in solitudine.

Se deve essere la nostra compagna, allora deve conoscere il branco, apprendere le nostre usanze. Non possiamo tenerla chiusa qui dentro per sempre.

Ma, faticai per trovare le parole giuste che avrebbero espresso le mie sensazioni. *Cosa faremo se vedrà la bestia e non ci amerà più?*

Può amarci davvero se non sa cosa siamo?

La bestia non ama: cercherà soltanto di distruggerla.

Trattenni il respiro finché Samuel non mi rispose di nuovo, *Prega che non accada.*

CAPITOLO 2

*I*rrequieto, lasciai Brenna dormire da sola per andare alla ricerca di cibo. Mi ritrovai all'entrata della caverna, a sbattere le palpebre alla luce del Sole. Wulfgar era accovacciato accanto al fuoco in forma umana per arrostire la carne.

«Che novità ci sono?» domandai.

«Il Branco Rosso ci manda notizie. Dopo la prossima Luna Piena si riuniranno per la Cosa. Hanno richiesto il nostro emissario.»

Aggrottai la fronte. «È una strana richiesta.»Non c'erano molti branchi sull'isola e, quello più vicino a noi, il branco della Luna Rossa, ci considerava nemici mortali. L'ultima volta che uno del nostro branco li aveva incontrati, era stato picchiato e sarebbe stato ucciso, se Samuel non fosse intervenuto in tempo.

Era la seconda volta che il mio Alpha mi salvava la vita.

Wulfgar grugnì. Sapeva che il Branco Rosso ci odiava. «I cacciatori si stanno avvicinando e vogliono fare qualcosa al riguardo.»

LEE SAVINO

«Nel senso che vogliono che *noi* facciamo qualcosa» lo corressi. «Molto bene. Manda a dire che parteciperò io.»

Percepii la sua esitazione. «Vogliono Samuel.»

«Avranno me», ringhiai. Quella volta, il mio vecchio branco non mi avrebbe battuto così facilmente.

Wulfgar chinò la testa.

«Inoltre», dissi poi, in tono più leggero,«non mi chiamano Daegan Lingua D'Argento per niente.» Ero molto più abile nel destreggiarmi tra raffinate tecniche oratorie rispetto al nostro forte Alpha. E poi, qualcuno doveva pur rimanere sulla montagna con Brenna: era un segreto che non potevamo permetterci di rivelare.

La testa di Wulfgar si abbassò un po' di più, nonostante fosse di una testa più alto di me e di qualsiasi altro membro del branco, assumendo una posa di deferenza in rispetto della mia dominanza.

Aspettammo che la carne finisse di cuocere. La maggior parte dei lupi mangiava crude le proprie prede, ma la carne cotta soddisfaceva l'uomo e ci permetteva di sentirci di nuovo civilizzati. Inoltre, dovevamo cuocerla anche per Brenna.

I Berserker si aggiravano per la radura, alcuni in forma di lupi e altri in quella di guerrieri. Dall'arrivo di Brenna, il branco era più in salute, la sete di sangue si era attenuata. La pace che la nostra amata donava a Samuel e a me riusciva a raggiungere anche il branco attraverso il legame con l'Alpha.

Pregai che quella pace potesse durare. La bestia era stata irrequieta negli ultimi giorni. Una sola parola o mossa sbagliata e avrebbe potuto scatenarsi, lasciando accadere tutto ciò che temevamo di più. La bestia adorava distruggere le cose belle.

Per lavare via i miei timori, spostai i miei pensieri su Brenna. Mi agitavo al solo pensarla, quella pelle perfetta e le sue curve tentatrici, i capelli lucenti che cadevano morbidi sulle pellicce. Avrei potuto nutrirmi di lei giorno e notte e non ne avrei mai avuto abbastanza.

Potevo quasi sentire il suo profumo perfetto anche attraverso il fumo e il fuoco. Socchiusi gli occhi e inspirai.

Tuttavia, li spalancai quando mi resi conto che non stavo soltanto immaginando il suo profumo: la mia amata era lì, in piedi, all'ingresso della caverna, scalza e vestita solo di una semplice veste che le avevamo procurato.

I suoi occhi si allargarono osservando la radura rocciosa piena di lupi e guerrieri.

«Brenna», sbottai, alzandomi. Ogni lupo nella radura spostò la testa in sua direzione, con il volto dipinto da un'emozione pericolosa: desiderio.

Brenna lo percepì. Un istante dopo, fece la cosa peggiore che avrebbe potuto fare: un passo indietro. Se indietreggi, un lupo sa che sei debole.

Mi lanciai attraverso la radura, ma non prima che un giovane guerriero dai capelli rossi sfrecciasse al suo fianco. Fergus era il più piccolo del gruppo, ma era abbastanza forte da sollevare un cervo tre volte più grosso di lui e portarlo sulla montagna. Avrebbe spezzato in due la nostra amata senza nemmeno accorgersi di averci provato.

Un secondo dopo aver capito che non avrei raggiunto Brenna in tempo, una mano sbucò dal nulla e si aggrappò alla spalla del giovane. «Trasformati», ordinò Wulfgar, e il corpo di Fergus obbedì. Il ragazzo si trasformò in lupo, seguendo l'ordine che gli era stato dato dal terzo membro più dominante del branco. Alcuni altri guerrieri sussultarono mentre l'ordine riverberava tra loro come un vento freddo, quasi obbligandoli a cambiare forma.

Superai i due, presi Brenna e me la sollevai sulle spalle.

«Ora sei nei guai, ragazza.»

Lei si contorse, ma io mantenni la mia parola con un colpo secco sul suo sedere mentre percorrevo il corridoio della caverna in direzione delle nostre camere scavate nella montagna.

«Ti avevamo detto di non lasciare gli alloggi, piccola. A cosa diamine stavi pensando?»Una sincera paura crebbe in me, ma io la respinsi trasformandola in rabbia.

Sentii un grugnito alle mie spalle, per questo mi voltai, ringhiando. Un guerriero biondo ci aveva seguiti, incapace di resistere al profumo della nostra donna.

Ringhiò di rimando, in segno di sfida.

«Mia», risposi anch'io in un ringhio. Mi scrollai Brenna dalle spalle e la spinsi verso i nostri alloggi, contrapponendomi tra lei e l'aspirante aggressore. «Stai indietro, Siebold.»

Il guerriero si accovacciò per prepararsi a combattere, con una luce selvaggia negli occhi dorati. Le sue spalle si incurvarono mentre ruggiva per sfidarmi.

«Trasformati»sbraitai, infondendo nell'ordine il potere dell'Alpha.

Siebold cadde su mani e ginocchia, quando il pelo cominciò ad apparire lungo la linea della sua spina dorsale. Sentivo le sue ossa schioccare e crepitare mentre il lupo prendeva il sopravvento sull'umano. «Fermo» ordinai compiaciuto, e lo lasciai nel corridoio, che si riempì del suo ululare sconfitto.

Mi fermai sulla soglia e presi un respiro profondo, faticando a controllare i miei sentimenti prima di entrare nella stanza.

Brenna mi aspettava con le braccia incrociate sul petto. Non sembrava spaventata, bensì arrabbiata.

Affrontò il mio sguardo con audacia ma, quando mi avvicinai a lei, ebbe il buon senso di voltarsi.

La mia mano le cinse il collo, per tenerla ferma. Mi bruciai quando sfiorai la banda d'argento che le avevamo fatto indossare.

La mia bestia era sul punto di liberarsi.

La obbligai a trattenersi.

Con non poco sforzo, tolsi la mano dalla sua gola e le utilizzai entrambe per aprire la banda argentea e togliergliela. Feci penzolare il metallo piegato davanti al suo viso.

«Hai accettato di indossarla, vero?»

Lei annuì.

«Sapevi cosa avrebbe rappresentato? Sapevi che avresti dovuto vivere con il branco e obbedirci?»

Annuì di nuovo. Lanciai la collana sul pavimento, facendola trasalire quando il metallo colpì il pavimento. Tuttavia, il suo sguardo non si spostò mai dal mio.

«Hai accettato di vivere tra noi, di obbedire a me e a Samuel e di seguire le nostre regole? Le regole che ti proteggono? Regole che ti tengono al sicuro?»

Corrugò la fronte, ma annuì di nuovo. Sapeva dove volevo arrivare e non le piaceva.

«Sei una donna d'onore, Brenna, l'ho capito dal primo momento. Stavi cercando di andartene? Di rimangiarti la parola data?»

Scosse la testa.

«Hai infranto una regola, Brenna. Ti abbiamo lasciata sola, ma sarei tornato presto con del cibo. Non ti lasceremo mai più per così a lungo. Questo è il motivo per cui io e Samuel ti abbiamo reclamata insieme. Se uno di noi due muore, l'altro si occuperò di te.» Mi portai una mano tra i capelli con fare frustrato. Il mio lupo mi ululava di gettarla sul pavimento e di possederla in quello stesso istante, marchiarla col mio seme, così che sia lei che ogni altro lupo avrebbe saputo che apparteneva a me.

Anche la bestia era in agguato, pronta a saltare fuori quando avrei perso il controllo. Come il lupo, voleva reclamare la nostra amata, ma era anche assetata di sangue e di dolore.

Tirai un respiro e cercai di rimanere calmo. «Ci preoccupiamo per te, ma abbiamo bisogno che tu segua le regole. Hai capito?»

Lei annuì, la rabbia le era scomparsa dal volto. Non era contrita, ma quasi.

Indicai la collana per terra. «Perciò scegli di nuovo, Brenna. Rimarrai? Consapevole di doverti sottomettere alle nostre regole?» Il mio cuore sussultò leggermente, sapendo che avrebbe potuto dire di no. Le stavo davvero permettendo di scegliere di nuovo se andarsene? Sarebbe tornata dalla sua famiglia se si fosse rifiutata di riprendere la collana? Nel mio cuore, sapevo che io avrei fatto così, fossi stato in lei. Avrebbe rappresentato la morte sia mia che di Samuel, e forse dell'intero branco, ma io l'avrei fatto.

La consapevolezza avrebbe dovuto terrorizzarmi. Invece, mi sentii più forte. «Scegli noi?»

Lei annuì. Dentro di me, mi rallegrai, ma mantenni la voce severa. Brenna avrebbe potuto morire quel giorno, dilaniata da lupi in calore. Dovevo farglielo capire.

«Allora ci hai disobbedito deliberatamente e dovrai subirne le conseguenze.»Indicai il pavimento.

L'incertezza le attraversò il volto.

Le schioccai le dita in faccia. «Sottomettiti immediatamente, ragazza. Non sono in vena di scherzi.»

Si irrigidì, ma si abbassò.

Davanti alla sua sottomissione, la mia rabbia fece un passo indietro.

«Prendi la collana.»

Lo fece. Le sue dita, di solito aggraziate, tremarono, ma non per la paura. Era bisogno. I miei occhi si spalancarono quando mi accorsi che la mia dominanza la eccitava. Osservando il suo battito cardiaco nel collo, il mio corpo si svegliò percependo l'odore del suo desiderio.

«Dammela.» L'istinto ebbe la meglio e lei tenne lo sguardo basso mentre mi porgeva il collare. Mi sentii più potente in quel momento che in tutta una vita di conquiste sul campo di battaglia.

«Brava ragazza.» Accettai la collana e mi spostai dietro di lei, rendendo la mia voce più gentile. «Alza i capelli.»

Lei obbedì e io percepii il mio corpo contrarsi ulteriormente alla sua sottomissione. Riposizionai il collare intorno al suo collo snello.

«Alzati, Brenna.»

La mia mano le accarezzò di nuovo il collo per portarla più vicino. «Guardami» la incoraggiai. Lei così fece.

«Appartieni a noi. Per sempre.»Il mio pollice le toccò diverse volte le labbra. Con gli occhi nei miei, aprì la bocca e morse il mio polpastrello.

Persi il controllo.

Mi spinsi in avanti, quasi alzandola dalla testa per sbatterla sulla superficie più vicina e cavalcarla. La pedana era troppo lontana, così mi avvicinai al muro, sbattendo la mia amata contro la sua dura superficie. La sua testa colpì la pietra ma la lussuria che le dipingeva il volto mi lasciò capire che non le importava. Le sue mani vagarono sulle mie braccia e le mie spalle, le unghie si conficcarono nei muscoli tesi mentre la tenevo in alto.

«Non puoi lasciare la caverna senza il permesso», ringhiai. Meritava una punizione, ma ero troppo arrabbiato per dargliela. Ero troppo arrabbiato per fare qualsiasi cosa che non fosse scoparla.

Lei mi lanciò uno sguardo e tastò le mie spalle, premendo la sua parte bassa vicino alla mia. Le mie mani trovarono la parte superiore del suo abito e lo ruppero a metà, mettendo a nudo il suo corpo per me. Il desiderio di morderle la spalla, di farla sanguinare, di tenerla per il collo e scuoterla era quasi incontenibile. Ma non era una lupa, che avrebbe potuto sopportare una punizione così dura. Avrei dovuto accontentarmi di scopare la nostra cattiva umana contro il muro, duramente.

Le sollevai una gamba intorno al mio fianco e mi spinsi dentro di lei.

Tutto il suo corpo dondolò all'indietro. La sua bocca si aprì in un perfetto cerchio di soddisfazione.

La penetrai, diverse volte, tenendola ferma in modo che la sua testa non colpisse contro il muro, ma per il resto non mi trattenni. Afferrò i miei avambracci e fece scattare in su i fianchi, accettando gli affondi punitivi, quasi dandogli il benvenuto.

«Riesco a malapena a controllarmi, con te», le dissi. «Pensi che il branco ci riesca? Sei stata fortunata di essere sopravvissuta.»

La mia mano le strinse il collo, premendo sulla collana e sentendo la rassicurante freschezza dell'argento contro il palmo. Avrebbe potuto morire, quel giorno, nelle mani del branco. La bestia dentro di noi non conosceva amore né dolcezza. Anche in quel momento, avrei voluto frustrarla e scoparla nella sua sottomissione.

Mi sarei accontentato dell'ultima opzione, finché non avrei avuto il controllo.

Le lasciai andare il collo e appoggiai una mano al muro. L'altra le teneva la testa mentre i miei fianchi scattavano in avanti. «Ricorderai a chi appartieni. Noi siamo i tuoi padroni, e ci obbedirai per non farti del male.»

Mi ansimò all'orecchio.

Le stava piacendo. Bene. Non mi sarei fermato finché non l'avrei marchiata con il mio seme. Non potevo andare fuori e cavare gli occhi ad ogni lupo che l'avesse vista, ma potevo marchiarla come mia.

L'alzai leggermente, spingendomi dentro di lei, cercando di arrivare così in fondo che mi avrebbe sentito per sempre.

Mentre ringhiavo il suo nome, lei inclinò la testa per baciarmi il collo.

Quell'atto tenero inviò un brivido attraverso il mio corpo. «Oh, piccola.»

La sentii stringersi e cominciare a tremare. Presa dall'orgasmo, le sue ginocchia si piegarono e si accasciò contro di me. Tenendola vicino, mi feci strada dentro di lei, lasciando che il suo piacere mi travolgesse.

Rimanemmo in quel modo, vicini, con il mio corpo che la immobilizzava contro il muro.

Sentii Samuel entrare nella stanza prima ancora che parlasse.

«Che succede?»

Feci un passo indietro, lasciando che i suoi piedi toccassero di nuovo il terreno.

«Sto dando una lezione alla nostra amata.»Mi sentii molto meglio quando lasciai scorrere le mie mani sul suo corpo nudo. Brenna lanciò uno sguardo dispiaciuto al suo vestito strappato sul pavimento. Raramente le avevamo permesso di vestirsi, pensando che il tenerla nuda avrebbe rafforzato l'ordine di rimanere negli alloggi, lontano dal branco. Avevamo ragione. Avrebbe dovuto riguadagnarsi il diritto ai vestiti, così come la nostra fiducia.

Samuel incrociò le sue braccia massicce sul petto. «Wulfgar è qui fuori con Fergus ai suoi piedi in forma di lupo. Siebold è in un tale stato che ho dovuto mandarlo alla guardia settentrionale. Sembra che la nostra Brenna abbia creato un po' di confusione.»

«È lei che ha lasciato la caverna e ha messo se stessa in pericolo.»

«È vero?» sbottò Samuel, con gli occhi dorati che si scaldavano mentre fissava Brenna.

La nostra donna annuì, con lo sguardo basso. Almeno era

abbastanza intelligente da non provocare un Alpha arrabbiato.

«In parte è colpa mia», spiegai. «L'ho lasciata sola per troppo tempo.»

«Non importa» disse Samuel, poi mi parlò attraverso il legame. *Non possiamo tenerla nella caverna per sempre.*

È troppo pericoloso, protestai.

Nemmeno a me piace l'idea, ma se dovrà rimanere con noi, allora dovrà conoscere le nostre usanze. È il momento.

Samuel le porse una mano. «Brenna.»

Lentamente, lasciò il mio fianco e si avviò verso l'Alpha. Incrociai le braccia per nascondere il mio nervosismo. Almeno potevo godermi la vista del mio seme che le colava lungo la coscia.

La nostra Brenna non era una donna minuta, ma l'enorme corpo di Samuel la sovrastava. La testa di lei gli arrivava al petto. Mentre si avvicinava, Samuel cambiò i suoi lineamenti per assumere un'espressione più benevola. Era avvantaggiato dalla forza e dalla stazza, ma si preoccupava di non intimidirla.

Samuel si accomodò sulla pedana e portò la nostra amata vicino a sé per tenerla tra le sue gambe. Per un minuto si limitò a giocherellare con i suoi capelli, spingendoli via dalle sue spalle nude.

«Adesso ti spiegherò le regole. Ne conosci già una – non lasciare gli alloggi senza il nostro permesso. L'hai infranta, e tra poco ti farò punire da Daegan.»

Brenna mi guardò con gli occhi spalancati e io le feci l'occhiolino. Dopo essermi liberato dentro di lei, il mio lupo si era calmato. La bestia era soddisfatta. La mia calma, però, non mi avrebbe fermato dallo sculacciare il sedere della mia amata fino a farlo diventare rosso ma, anziché perdere il controllo, mi sarei goduto l'attimo.

Lei non avrebbe potuto dire lo stesso.

Samuel le afferrò le spalle mentre pensava a come spiegare le nostre abitudini alla nostra piccola umana. Non lo invidiavo.

«Devi capire che il branco di lupi si basa su un'attenta gerarchia. Io e Daegan siamo in cima. Come Alpha, io guido il branco, ma lo servo anche. Se un nemico ci attacca, sono il primo a combattere. Se il nemico vince, sono il primo a morire. In cambio, il branco mi porta rispetto: mangio per primo, ho diritto a qualsiasi lusso. Cosa più importante, se impartisco un ordine, il branco deve obbedirmi.»

Feci il giro della stanza per rifornire di legna i bracieri. Nel branco, mi chiamavano «Daegan Lingua d'Argento» per la mia capacità di parlare e convincere qualsiasi lupo ma, in quanto Alpha, Samuel aveva l'ultima parola. Eravamo d'accordo che era lui il migliore a istruire i nuovi membri del branco sulle regole. Quando un lupo infrangeva una di queste, Samuel lo giudicava e ordinava la sua punizione.

«Tu non sei un lupo, ma ora sei un membro del branco. In quanto umana sei… debole. Fragile. Incapace di proteggere te stessa. Io proteggo ogni lupo debole del branco dalla morte, a patto che rimanga al suo posto. Ma non posso intervenire sempre. I lupi, per natura, combattono per il proprio posto nel branco.Non è mia responsabilità fermare un lupo più forte dal combatterne uno più debole, se quest'ultimo lo ha sfidato per il dominio.Capisci cosa ho detto finora?»

Aspettò che Brenna annuisse lentamente.

«Che ti piaccia o no, sei la più debole del branco. Ti proteggeremo, ma se lasci i nostri alloggi e cammini tra i lupi, sei soggetta alle regole. Non devi mai guardare un altro lupo negli occhi, che sia in forma umana o animale. Fare una cosa simile significa che lo stai sfidando per il dominio, e dovrai combattere per sostenere la tua pretesa. Loro lotteranno contro di te per tenerti al tuo posto nel branco. Non è una lotta che potresti vincere.»

«Se non fossi intervenuto, Fergus o qualcun altro avrebbe potuto sfidarti o cercare di rivendicarti. In ogni caso, sarebbe stato versato del sangue. Lo sai?»

Il suo sguardo si spostò dall'uno all'altro e Samuel le prese il mento. «È molto pericoloso sfidare un lupo. Più di qualche secondo di contatto visivo è una dichiarazione di dominio.»

«Non puoi guardare un altro lupo negli occhi, a meno che tu non voglia combattere contro di lui. L'unico che può farlo è Samuel. Persino io non posso affrontarlo da pari.»

«Daegan è dominante quasi quanto me. La sua forza è affiancata dalla sua leadership e dalla sua intelligenza. Molto tempo fa, i nostri lupi hanno deciso di governare insieme. Siamo legati come fratelli guerrieri, impegnati a tenere al sicuro il branco, anche se uno di noi dovesse cadere in battaglia, l'altro gli succederà. Questo è il motivo per cui ti condividiamo senza combattere. Ma anche lui deve sottostare a me.» Il mio Alpha alzò la voce. «Daegan, guardami.»

Incontrai i suoi occhi dorati come mi aveva ordinato, ma dopo alcuni secondi il mio lupo protestò, così distolsi lo sguardo per incontrare gli occhi marroni di Brenna.

«Vedi, piccola? Dobbiamo tutti rispettare le regole per il bene del branco.»

«La prossima volta che farai un passo fuori da questa caverna senza permesso, e incontrerai un lupo da sola, sarai punita», disse Samuel.

Brenna sospirò e annuì.

«Sei stata fortunata che fossi vicino a te, oggi. Fergus è il più giovane tra noi e perde il controllo molto velocemente. Non so cosa avrebbe fatto se ti avesse presa – attaccata o scopata. Ma non sarebbe finita bene.» Provai una punta di paura, pensando a cosa sarebbe potuto succedere se Fergus avesse raggiunto Brenna prima di essere fermato da Wulfgar.

«Fergus sarà punito e svergognato davanti all'intero branco. Ma non possiamo permettere che tu rimanga impunita dopo aver infranto la nostra regola e lasciato la caverna. Tu lo sapevi.»

«So che è difficile rimanere dentro, Brenna», dissi. «Ma è per la tua protezione.»

«Col tempo potrai stare fuori con noi» le promise Samuel.

«Samuel ti permetterà di camminare tra il branco. Ma devi ascoltare le sue parole e tenere lo sguardo basso.»

«Sottomettiti, Brenna» disse Samuel, quasi supplicandola. «Non è una cosa facile ciò che chiediamo, ma è necessaria. Obbedirai?»

Con gli occhi bassi, lei annuì.

Lui le alzò il mento. «C'è un'eccezione alla regola. A meno che non desideriamo specificatamente la tua sottomissione, puoi sempre guardarci negli occhi. Il lupo vuole che ti comporti come nostra compagna. Perciò tu, Brenna» sorrise, «sei l'unico membro del branco al quale il mio lupo permette di incrociare il mio sguardo. Adesso capisci perché sei così preziosa per me?»

La baciò, e io percepii i suoi sentimenti attraverso il legame. Non solo piacere, ma anche sollievo.

«Sei un dono che non meritiamo. Non possiamo vederti soffrire.» Le sue dita le accarezzarono le labbra prima che si rimettesse a sedere. «Ecco perché devi obbedirci, completamente. Hai lasciato la caverna senza permesso perché Daegan ti aveva lasciato da sola, per andare a prenderti del cibo. Se non riesci ad obbedire ad una regola per pochi minuti, allora ti incateneremo al letto.»

«A me non dispiacerebbe», le feci l'occhiolino.

Samuel sgranò gli occhi. «Daegan prova piacere nel sottomettere vittime involontarie. Allo stesso modo, si divertirà a disciplinarti.»

«Uno di noi dovrà pur farlo.» Le tesi una mano. «È ora, ragazza. Vieni.»

Non appena Brenna si avvicinò a portata di mano, la tirai sulle mie ginocchia.

La tenni in equilibrio, con le sue dita che sfioravano il pavimento e le natiche pallide all'insù. La mia dolce donna si contorceva sul mio grembo, massaggiandomi l'uccello finché non la immobilizzai e bloccai con una gamba sulle sue.

«Niente di tutto questo, adesso. Prenditi la tua punizione, da brava.» Non riuscii a nascondere la gioia nella mia voce.

Sculacciando prima una natica, poi l'altra, colpii quella carne soda. Feci attenzione a non usare nemmeno metà della mia forza, ma dopo un minuto già comparì il rossore sul suo sedere.

Samuel osservava da una discreta distanza. Il suo lupo era troppo dominante perché fosse sicuro nel punirla. Non sarebbe stato in grado di mantenere il controllo. Inoltre, non gli piaceva punire le belle donne, non quanto piacesse a me.

Una parte di me era molto preoccupata. La nostra donna non poteva andare a sfidare il branco. O l'avrebbero reclamata e scopata, oppureavrebbero combattuto contro di lei per il dominio, uccidendola nel processo.

La sculacciai finché non sentii un sussulto. Quando mi fermai e la raddrizzai, l'inclinazione ostinata della sua bocca si era ammorbidita. Una piccola lacrima le cadde sulla guancia e io la asciugai, spazzandola via. Dall'aspetto che aveva, la sculacciata l'aveva messa decisamente in uno stato di sottomissione.

«Adesso alzati e vai al muro. Metti il naso contro la pietra e aspetta lì per qualche minuto.»Le accarezzai il sedere per alleviare un po' il dolore, poi la mandai via con un colpetto scherzoso. «Non toccarti il sedere, se non vuoi un'altra sessione sulle mie ginocchia.»

Lei esitò, ma fece come le avevo chiesto. Il suo viso bruciava per l'umiliazione, ma non sembrava ancora pentita. Sospirai: non volevo abbattere il suo spirito, ma dovevamo tenerla d'occhio. Avremmo potuto non essere così fortunati la prossima volta che avrebbe infranto le regole.

Dopo qualche minuto, il suono di passi pesanti rieccheggiò nel corridoio. Wulfgar si fermò sulla soglia per chiedere di entrare, e attese finché Samuel non gliel lo permise.

«Alpha»,brontolò Wulfgar rispettosamente.

Brenna si irrigidì e cominciò a girarsi.

«Occhi al muro, piccola», dissi a Brenna. «Questa è una parte della punizione.» Il suo corpo continuò ad irrigidirsi, così mi chinai e le parlai per tranquillizzarla. «Questo è uno dei nostri soldati, è venuto a vedere se abbiamo rispettato le leggi del branco. Non gli permetteremo di farti del male.»

«Wulfgar», Samuel salutò il guerriero in visita. I due avevano combattuto molte battaglie insieme, da quando la strega li aveva trasformati entrambi in Berserker.

«Eccola qui» continuò l'Alpha, invitando il guerriero a guardare la donna imbarazzata, posizionata come un bambino cattivo. Al mio lupo non piaceva esporre in quel modo la nostra amata, ma Samuel doveva seguire il protocollo. «Come vedi, è stata punita.»

Wulfgar annuì. Nonostante la sua grande stazza, era quello con più controllo di tutti i lupi. Non dominante quanto Samuel, ma certamente abbastanza forte da sfidare l'Alpha, se lo avesse voluto.

Gli occhi del vichingo, quando non erano dorati a causa della magia, erano grigi. Passarono sul corpo nudo di Brenna, riscaldandosi solo per un secondo prima di distogliere educatamente lo sguardo e annuire verso Samuel. Avrebbe riferito al branco che era stata fatta giustizia e che la punizione era stata impartita.

«È nuova, imparerà» disse Samuel.

Il gigante annuì di nuovo.

«Come sta Fergus?»

«Lo terrò in forma di lupo per qualche giorno», grugnì

Wulfgar, «per raffreddarlo.»L'usanza prevedeva che la parte lesa – il povero Fergus – fosse venuto ad ispezionare il trasgressore per verificare che la punizione fosse stata impartita, ma Wulfgar aveva sostituito il lupo più instabile. La maggior parte della disciplina del branco veniva eseguita in pubblico, ma noi non avremmo mai sopportato che la nostra amata fosse messa in mostra di fronte a tutti i Berserker. A meno che non fosse stato necessario.

«Il branco sarà soddisfatto?» chiese Samuel.

Wulfgar annuì. «Porterò loro la notizia che giustizia è stata fatta.»

«Grazie, Wulfgar», gli rispose Samuel.

Un altro cenno della testa rasata, e Wulfgar andò via.

Mi appoggiai al muro e lasciai scorrere una mano lungo la schiena di Brenna quando notai che stava tremando.

«Va tutto bene, piccola. È andato via.»

Sbatté le palpebre con forza, respingendo le lacrime di rabbia e imbarazzo.

La presi tra le mie braccia, tenendo il suo corpo rigido vicino al mio, inclinandole leggermente la testa all'indietro per asciugare una lacrima che le rigava la guancia. «Non fare così. Non lasceremo che ti venga fatto del male.»

Feci una pausa per chiedere silenziosamente a Samuel di aiutarmi a spiegarglielo.

«Abbiamo aggirato le regole dandoti la punizione in privato. Fergus, invece, non è stato così fortunato. Tutto il branco sa che è obbligato a rimanere in forma di lupo per un po' di giorni, come punizione per averti quasi attaccata. Wulfgar porterà il resoconto della tua punizione al resto dei guerrieri. Altrimenti, verrebbero loro stessi a chiedere di vedere prove della tua disciplina.»

«E noi non possiamo sopportarlo.» Rabbrividii. Brenna mi lanciò uno sguardo furioso, come per dire "deve essere così difficile per te". Si allontanò da me. Il suo sedere rosso ondeggiava in modo allettante mentre si dirigeva verso la pedana per prendere una coperta e coprire il suo corpo nudo. Il suo mento rimase sollevato, altezzoso come quello di una regina.

Trattenni un sorriso. La punizione aveva ferito il suo orgoglio, ma non l'aveva spezzata. Per quantoil colore del suo sedere fosse vivace, in quel momento, i segni sarebbero svaniti rapidamente. Dovevamo assicurarci che la lezione fosse rimasta.

«Brenna»,la chiamò Samuel. «Vieni qui.»La nostra amata evitò il mio sguardo mentre camminava verso dove era seduto lui. Il grande biondo la sistemò sulle sue ginocchia. Lei trasalì quando il suo posteriore punito toccò la coscia dura e muscolosa di lui, ma strinse i denti.

«Sei stata coraggiosa a sopportare così bene la tua punizione. So che sei nuova qui, ma devi capire. Qualsiasi lupo che ti farà del male, verrà condannato a morte. Se Daegan non fosse intervenuto… Non vogliamo vederti soffrire.»

Lei guardò Samuel come per dire *Allora perché sono seduta sul mio culo rosso?*

«Vivi tra di noi, ora. I branchi di lupi prosperano meglio quando c'è una serie di regole.» Samuel le parlò tranquillamente ma con tono pregno di fermezza. «Devi rispettarle, altrimenti la prossima volta ho paura che la tua punizione sarà pubblica.» Le passò un dito sul collare argenteo intorno al suo collo.

«Questa collana ti segna come nostra, ma è una protezione ridicola contro un guerriero iracondo.»

«Siamo stati fortunati, oggi», esordii io. «Fergus è il più piccolo di noi, nonché il più debole. Ma se avessi sfidato un lupo più dominante…»

Samuel rabbrividì, col volto dipinto dalla paura allo stato puro. «Per favore, ti prego, non testare il nostro autocontrollo», la pregò. Brenna sbatté le palpebre come se fosse scioccata che l'Alpha la stesse implorando così umilmente. «Ti prego, Brenna. Non possiamo perderti. Adesso capisci perché Daegan ti ha punita?»

Brenna fece un breve cenno.

«Daegan si diverte a punire, ma si farà perdonare.» Samuel guardò nella mia direzione. «Non è vero?»

«Oh sì» dissi con disinvoltura. Mi accomodai su una pietra vicino alla pedana, con un barattolo di pomata in mano. «Vieni a stenderti sulle mie ginocchia.»

Brenna alzò un sopracciglio e io le rivolsi un mezzo sorriso.

«Non ti fidi di me, piccola?»

Samuel la spinse verso di me. Mi piaceva la vista del suo corpo nudo che scivolava nella mia direzione. Quando si sdraiò sulle mie ginocchia, il mio membro si indurì ulteriormente, ma mi limitai a sospirare soddisfatto.

«Potrei restare seduto così per tutto il giorno» scherzai. Strofinai una mano giù per la sua schiena, facendole venire i brividi. «Sei stata così brava a sopportare la tua punizione. Lascia che ti dia un piccolo premio.»

Tirando fuori una generosa manciata di pomata, la spalmai sul suo sedere arrossato. Il bruciore della sculacciata stava già svanendo, lasciando un vivace colorito dietro di sé.

Brenna si contorse un po' e io colsi una ventata del suo dolce muschio. Quel profumo inebriante mi rivelò quanto la sculacciata l'avesse turbata. Forse era proprio quella la fonte della sua umiliazione.

Lasciai che le mie dita vagassero più in basso, scivolando tra le sue gambe per controllarla.

«Proprio come sospettavo: sei fradicia.»

Samuel ridacchiò.

Brenna fece per alzarsi ma io la trattenni.

«No, no, no piccola, lascia che mi occupi di te. È giusto dopo averti fatta soffrire.» La tenni immobile mentre facevo roteare le mie dita ricoperte di pomata sulle sue dolci labbra inferiori. Lei si contorse intensamente a quel contatto, massaggiando inconsapevolmente il mio uccello.

Era un gioco divertente.

Alla fine, la lasciai alzare e lei si allontanò, col viso rosso quantoil suo sedere.Mi portai le dita alla bocca e succhiai quelle ricoperte dei suoi umori.

Brenna si accigliò e io le feci l'occhiolino in risposta.

Samuel la afferrò, mettendosi di fronte al suo posteriore arrossato. Il suo enorme corpo la sovrastava. Mio fratello indossava un perizoma, così lo tolse rapidamente per strofinare il suo membro sul caldo sedere di lei.

«Ti è piaciuto il modo in cui Daegan si è scusato?»

Le sue mani percorsero le forme nude della nostra amata. Lei si dimenò ma i suoi occhi si spalancarono e la sua bocca si aprì, ansimando un po' mentre lui le pizzicava i capezzoli e spingeva la mano sempre più in basso per strofinare le dita sul piccolo angolo di piacere tra le sue gambe.

Le ginocchia di lei cedettero e Samuel la tenne in piedi, nonostante si accasciasse contro di lui. Continuò a ringhiare dolcemente al suo orecchio.

«Ogni volta che ci contraddirai, Daegan ti sculaccerà. Ma ti prometto che ci prenderemo cura di te. Sei nostra, ora.»

La sostenne con un braccio muscoloso sotto il seno. I suoi capezzoli risaltavano, duri e rosa, pronti per essere succhiati da una bocca calda. Mi venne l'acquolina.

«Non hai paura di noi, vero piccola? Non ti faremo mai del male sul serio.»

Io mi avvicinai, massaggiandomi l'uccello. Inclinando la testa verso i suoi seni, mi occupai dei piccoli noccioli, succhiando e leccando prima uno poi l'altro, dopodiché li presi entrambi tra i denti.

«Una breve sculacciata non ha mai fatto male a nessuno»continuò Samuel. «E sei stata così brava... Ti daremo un premio.»

La mano di lui prese a muoversi più velocemente tra le sue gambe, tanto da farla irrigidire con la bocca aperta e gli occhi che roteavano all'indietro.

«Vieni, Brenna», le ordinò Samuel.

La osservai irrigidirsi ancor di più. Piccoli gemiti le sfuggirono dalle labbra, sulle quali posai un bruciante bacio. «Dolore e piacere, tesoro» le sussurrai contro la bocca. «Ma solo per mano nostra, nostra e basta.»

«Le nostre e basta» fece dolcemente eco Samuel, tenendola ancora. «Ti è piaciuto?» Le sfiorò l'orecchio mentre lei sbatteva le palpebre nel tentativo di riprendersi. «Sei pronta a ringraziare Daegan per averti corretta?»

«Dacci un bacio, piccola.» Indietreggiai, continuando a masturbarmi.

Samuel le tenne i fianchi mentre lei si piegava verso di me. Feci un passo indietro, aiutandola a scendere di più.

«Non sulla bocca... ecco, brava ragazza.» Il mio uccello si insinuò nella sua bocca e lei lo succhiò ubbidientemente, ancora intrappolata nella nube di sottomissione.

Samuel si posizionò meglio dietro di lei e la penetrò. La tenemmo in piedi mentre entravamo e uscivamo dal suo corpo, io avanti e Samuel dietro.

Lui spingeva forte i fianchi, guidandola verso il mio uccello. Io, intanto, le tenevo dolcemente i capelli con la mano.

Lei si reggeva al mio fianco.

Sentivo il legame vibrare mentre io e Samuel ci muovevamo in perfetta sincronia.

Il mio pollice le accarezzò la guancia.

«Sei così perfetta per noi.»

Samuel allungò una mano verso il basso per accarezzare il suo punto del piacere, facendola gemere sul mio membro.

«Per tutti gli Dei» esclamai, con le ginocchia deboli. Venni scosso dalle vibrazioni dalla testa ai piedi. I miei muscoli si irrigidirono per il piacere e venni così forte da vedere le stelle.

Samuel grugnì, spingendo sempre più veloce.

Lo aiutai a stendere Brenna sul pavimento e Samuel si mise in ginocchio, piegato su di lei.

Non appena posai una pelliccia sotto di lei, Samuel le alzò le gambe per spingersi ancor più in profondità. La tenne facilmente. Il corpo di lei arrossì quando il piacere la travolse completamente.

Samuel imprecò nella sua antica lingua mentre veniva. Sotto di lui, Brenna stava ancora tremando.

La avvolsi nella pelliccia e la trasportai fino alla pedana per stendervi il suo corpo pallido come un sacrificio agli Dei oscuri.

Samuel si alzò in piedi, già ripreso. Non staccammo gli occhi dalla donna davanti a noi. Il sangue ruggiva dentro di noi, rendendoci duri e già pronti.

Samuel si fece avanti. «Di nuovo.»

Dietro di noi, qualcuno cominciò ad applaudire. «Che spettacolo emozionante» soffiò una voce fredda su noi tre.

Mi misi in piedi, ringhiando, rivolgendomi all'alta donna bionda che stava in piedi sulla soglia. Un sorriso beffardo le incurvò la bocca. Ero stato così preso dai miei pensieri che non avevo sentito il suo odore mentre si avvicinava. Una sola annusata e mi accorsi che, in qualche modo, era riuscita a camuffare il suo profumo: era insipido e piatto, esattamente come il muro di pietra dietro di lei.

«Cosa ci fai qui, strega?»ringhiò Samuel dietro di me, con un suono potente, tinto di magia. Si trovava ai piedi della pedana, bloccando la nostra amata dalla vista della strega. Dietro di lui, Brenna giaceva sbattendo le palpebre, con il viso ancora rilassato dal piacere che le avevamo dato. Le sue

33

mani afferrarono le pelli per tirarle sulla sua nudità e coprirsi.

Un ringhiò risuonò nel profondo del mio stomaco a causa dell'ospite indesiderata che aveva disturbato un momento così privato.

«Stai sfidando il pericolo, Yseult, se vieni qui senza essere invitata», dissi. «È meglio che te ne vada mentre siamo di buonumore.»

Samuel fu meno diplomatico. «Vattene.»

Gli occhi di Yseult si illuminarono, e sentii la mia rabbia svanire un po', sostituita dalla preoccupazione. Sì, aveva interrotto e distrutto un bellissimo momento, ma la strega bionda era pericolosa. Non era mai stata il nostro vero nemico, ma non potevamo controllarla: se provocata, sarebbe stata un nemico formidabile. Raggiunsi Samuel sulla nostra connessione, e i nostri lupi ringhiarono con un sentimento comune.

Non volevamo quella donna intorno a Brenna.

«Se non volete essere disturbati, allora perché state giocando in una caverna aperta nel bel mezzo del giorno? Chiunque potrebbe entrare e unirsi a voi.»La voce della strega era tanto fredda e priva di emozioni quanto il suo odore, rendendo difficile ogni tentativo di leggere le sue vere intenzioni.

«Il branco sa di dover stare lontano» dissi io facendo un passo avanti, mantenendo il mio corpo davanti a Brenna per impedirle di vederla.

Yseult finse di annusare l'aria. «Sono riuscita a sentire il suo calore a metà della montagna.»

«Tu osi—»la rabbia di Samuel gli soffocò le parole. Lo sentii far scivolare la presa sulla bestia.

Samuel, no. Gettai tutta la mia energia sul legame, cercando di trattenere l'ondata di rabbia Berserker. Per quanto volessi che la strega uscisse dal nostro santuario, un lupo in preda alla rabbia avrebbe combinato un disastro. Per non parlare del fatto che, in quanto Alpha, avrebbe probabilmente trascinato l'intero branco in una furia sanguinaria.

Yseult non sarebbe sopravvissuta, ma nemmeno Brenna e la maggior parte del branco.

Samuel riversò la sua rabbia su di me, e io barcollai all'indietro, sforzandomi di rimanere in piedi. La bestia non voleva essere placata o fermata. Non sentivo nulla, non vedevo nulla, non provavo nulla se non cieca indignazione. Il mio mondo girava intorno a un unico intento: sbranare la strega. Nella mia immaginazione, la vedevo già morta in una pozza del suo stesso sangue sul pavimento.

E se l'avessimo mangiata, avremmo assorbito il suo potere.

La magia mi avvolse, e le mie ginocchia cominciarono a cedere: una naturale reazione di sottomissione alla rabbia del mio Alpha. La mia testa venne invasa dal dolore: il legame fraterno mi aveva aperto alla violenza, ma almeno avrei tamponato l'effetto che avrebbe avuto sul resto del branco.

Perché non era ancora morta? La bestia imperversava… non più un lupo, ma una creatura rabbiosa, corrotta dalla magia.

«Ti prego» mi strozzai sulle parole.

Alle spalle di Samuel, Brenna ora si era seduta, col viso attento e un'espressione preoccupata.

Quando Samuel fece un passo in avanti, pronto a fare del male alla strega, o a me oppure ad entrambi, Brenna si sporse e gli prese la mano.

«No, Brenna»,urlai, sollevandomi nel disperato tentativo di frappormi tra lei e l'Alpha sul punto di perdere il controllo. Samuel non poteva farle del male.

Prima che potessi raggiungerlo, Samuel si girò verso Brenna, con i denti scoperti. Il suo braccio sembrava già più ispido a causa dell'imminente trasformazione.

I suoi occhi caddero sulla nostra amata, calma e innocente nel suo bozzolo di pelli.

La bestia si calmò improvvisamente.

Non ci avrei creduto se non l'avessi visto con i miei occhi. Una parte di me voleva gettare uno sguardo a Yseult, per vedere se anche la sua bocca fosse rimasta spalancata alla vista dell'Alpha furioso, reso tranquillo dal tocco di una donna, come un mare in tempesta che si appiattisce grazie alla brezza marina.

Brenna sorrise… e spuntò il Sole.

Samuel le sorrise in risposta, completamente uomo, il suo lupo tranquillo e sedato, adesso sembrava un cucciolo con la propria madre.

Yseult si schiarì la gola.

Avevo quasi dimenticato fosse lì.

Anche la strega sorrise, ma sembrava a disagio, come se avesse visto qualcosa che non comprendeva pienamente. «Avete seguito il mio consiglio. E vedo che i risultati sono stati soddisfacenti.»

Il suo sguardo passò su di noi, e il mio lupo si sentì inquieto, poiché detestava l'espressione compiaciuta sul suo volto.

Brenna si accigliò.

«Va tutto bene, piccola» dissi io. «È solo la strega, quella che ci ha condotti da te.»

Il volto di Brenna diventò completamente bianco. Sentii un briciolo di senso di colpa. Avevamo avvicinato il suo patrigno, l'avevamo pagato per attirarla lontano dalla sua famiglia e venderla a noi. Non era il modo in cui avrei voluto incontrare la donna che sarebbe stata la nostra salvezza, ma era quello più veloce. E Brenna si era già abituata al suo ruolo.

O almeno, così sembrava. Studiai la sua espressione guardinga, desiderando di poterle parlare, chiederle cosa ne pensasse di essere la consorte di due Alpha, se le nostre attenzioni nei suoi confronti sarebbero state sufficienti a soddisfarla.

Tornato vicino alla pedana, Samuel aiutò la nostra amata ad alzarsi e la coprì con il suo corpo mentre indossava un abito. Yseult fece un mezzo sorriso alla vista del muscoloso guerriero che si comportava come la cameriera di una dama, ma Samuel la ignorò, concentrandosi sulla nostra amata, preoccupandosi di rimanere tranquillo dopo essere andato così vicino al perdere il suo controllo sulla bestia.

Spostai la mia attenzione sulla strega che aveva creato così tanto problemi nei pochi minuti in cui era stata lì. «Cosa vuoi, Yseult?»

«Sono semplicemente venuta a controllare come state. L'ultima volta che vi ho visti eravate a un artiglio dal cadere per sempre nella rabbia Berserker. Le rune che ho interpellato mi hanno fatto vedere un vostro possibile futuro – ed era davvero buio. Eccetto che per la donna, naturalmente. Mi chiedevo se l'aveste trovata.»

«Sì» grugnì Samuel. Il suo tono rendeva chiaro che non voleva altro che vedere quella donna andare via.

«Trovata e accoppiata, vedo.» Yseult inclinò la testa, studiandoci come se fossimo insetti particolarmente brutti che strisciavano sui suoi stivali.

«Gli umani non possono accoppiarsi con i lupi» dissi io, automaticamente. Era vero: solo una donna con un certo potere magico – in parte strega – avrebbe potuto partorire un bambino mannaro. Mia madre era stata una di quelle. C'erano delle donne mannare, ma erano poche e lontane, e la maggior parte di loro non si sarebbe mai accoppiata con un lupo Berserker, corrotti com'eravamo dalla magia oscura.

«Forse sì, forse no…»

«Che vuoi dire?»Samuel stava perdendo la pazienza. Il grande uomo incrociò le braccia sul petto.

37

«È strano, ho sentito il suo calore. Quanto spesso è fertile? Ogni Luna piena? Non avete notato quanto sia più forte il suo odore, in quel periodo? Sia il suo odore che la sua... fame.»

«È naturale», sbottò Samuel. Nei pochi mesi in cui Brenna era stata con noi, avevamo notato l'intenso bisogno che aveva di noi ad ogni Luna piena. «Umana o lupa, ogni donna ci passa.»

Yseult alzò le sopracciglia in una sfida silenziosa alla sua affermazione.

Le guance di Brenna si erano dipinte di rosa, ma non potevo risparmiarle l'imbarazzo. Dovevo sapere.

«Stai dicendo che non è naturale per una donna umana? Brenna sta andando in calore come una femmina della nostra specie?»

Yseult mi rivolse quel suo maledetto sorriso enigmatico.

«Perché non lo chiedi a lei? Vediamo cosa dice.»

Brenna emise un respiro affannoso. La sua mano si poggiò sulla gola, coprendo la cicatrice bianca che le percorreva il collo.

«Oh sì», cantilenò Yseult. «È muta, ora ricordo.»

Accigliato per le parole sconsiderate della strega, andai a mettermi accanto a lei. Samuel l'aveva già messa davanti a sé, avvolgendola con le sue braccia per confortarla.

La strega ci guardò. Quell'intera faccenda – interromperci mentre stavamo facendo l'amore, provocare Samuel, era soltanto un gioco. Sia all'uomo che al lupo non piaceva essere trattato come una pedina.

«Tu lo sapevi, maledetta», dissi in tono gelido. «Tu sei stata la prima a trovarla.»

Yseult alzò le mani come per difendersi. «Calmo, Daegan, io ho semplicemente interpellato le rune. Non ho mai incontrato la ragazza, ma sono contenta sia adatta.»

«Lo è», concordai senza mezzi termini, per poi voltarmi a

guardare Brenna. Il mio viso si ammorbidì. *È più che adatta*, dissi a Samuel attraverso il legame, e lui si dimostrò d'accordo con me.

Yseult sembrava infastidita. Sapeva che i lupi potevano parlare tra loro e lo odiava. Le piaceva essere quella che deteneva i segreti.

«Dicci cosa sai» le ordinai, senza molte speranze che lo facesse sul serio.

«Mio caro Daegan, io non so nulla», scrollò le spalle. «Se mi lasciaste da sola con lei per un attimo—»

«No»,ringhiò Samuel.

«Potrei studiare il marchio del lupo» continuo la strega con noncuranza, come se non fosse stata interrotta. «È così che avete capito che era quella di cui parlavano le rune, no? L'attacco del lupo quando era piccola.»

«L'attacco del cane» la guardai male. «La sua famiglia ci ha detto che è stato un cane selvatico.»

«Cane, lupo…» Yseult fece spallucce.

Io e Samuel ci scambiammo uno sguardo. Era possibile che la nostra Brenna fosse stata attaccata da un altro lupo mannaro? E non un lupo qualsiasi, ma una creatura come noi, corrotta dalla magia – un Berserker in preda alla follia?

Gli occhi di Yseult si illuminarono. «Sì, ora iniziate a capire. Vi siete mai chiesti come ha fatto a sopravvivere a un attacco così brutale? Vi siete mai chiesti perché?»

Io e Samuel sbattemmo le palpebre e guardammo Brenna, che sembrava confusa quanto noi.

«Stai dicendo che il motivo per cui è stata attaccata… e la ragione per cui è sopravvissuta… c'è una connessione?»

Il sorriso di Yseult si allargò.

«Parli a vanvera, strega. O ce lo dici, oppure te ne vai.»

«Ve lo dirò quando lo saprò con sicurezza. Ma voglio un favore in cambio.»

«Un favore?»

«Il solito.»

Samuel agitò una mano. «Il branco adempierà alle condizioni. Io e Daegan non parteciperemo più.»

«Siete già così fedeli a questa donna? Non avrei mai pensato di vivere abbastanza a lungo da vedere il giorno in cui una donna vi avrebbe legati a sé.»

Samuel ignorò la battuta della strega. «Il branco si occuperà dei tuoi bisogni.»

«Non sono fedeli alla tua Brenna anche loro? Oppure non la condividete?»

«No», ringhiai. «Non la condivideremo mai.»

«Che peccato» sbuffò Yseult. «Quando sarà il momento di riscuotere il mio favore, mi piacerebbe molto avere qualcun'altra ad aiutarmi... ad intrattenere il branco. I tuoi lupi sono così famelici... soprattutto il biondo sfregiato – com'è che si chiama?»

«Siebold»,rispondemmo all'unisono io e Samuel. L'enorme vichingo aveva una vena sadica compatibile alla sete di sangue di Yseult. Era ovvio lo preferisse.

«Siebold, sì» gemette Yseult. «Mi piacerebbe passare più tempo con lui. Forse potrei portarlo con me...»

«No»,dissi io. Conoscendo la strega, probabilmente l'avrebbe chiesto direttamente a Siebold, e lui avrebbe potuto accettare la sfida, così aggiunsi: «Non gli permetteremmo di andare via.»

«Peccato.» Yseult non sembrava troppo contrariata. «Dovrò aspettare il solstizio, allora.»Mi sorrise, probabilmente ricordando l'ultimo solstizio, quando io e Samuel l'avevamo posseduta insieme davanti al branco che guardava.

Di sicuro, un'immagine apparve involontariamente nella mia testa: il corpo nudo della strega che si contorceva sotto di me. Il ricordo mi sembrò freddo rispetto ai momenti che avevo appena passato con Brenna, anche se si trattava dello stesso atto. Non c'era amore tra me e Yseult.

Mi voltai dall'altra parte, interrogandomi sui sentimenti affettuosi che provavo per la donna dai capelli scuri sulla pedana. Era forse amore?

«La nostra donna ha fame» disse Samuel a Yseult. «Puoi congedarti.»

«Come desideri» rispose Yseult in tono acido. Non l'avevamo insultata apertamente, ma ci mancava poco. La strega se lo meritava, anche se non sarebbe stato saggio far arrabbiare qualcuno tanto potente.

«Un'ultima cosa» disse, e immediatamente mi irrigidii per prepararmi alla sua battuta d'addio. «Avete rivendicato questa donna come la vostra amata, la vostra vera compagna?»

Sobbalzai alla parola *amata*... il nomignolo segreto che usavo per Brenna. Mi chiesi se fosse possibile che la strega lo avesse estrapolato dai miei pensieri.

«Lei è nostra.»

«Lo è davvero? Lo chiedo soltanto perché non vedo un marchio di rivendicazione.»

Samuel mise una mano sulla spalla di Brenna, nel punto in cui un lupo mannaro avrebbe morso la sua compagna durante la frenesia dell'accoppiamento. «La carne umana è fragile. Lei è nostra, anche se non la marchiamo.»

«Mmh. Allora come potete essere sicuri che sia la vostra vera compagna?» Yseult alzò tre dita. «Calore di accoppiamento, legame di accoppiamento, morso di accoppiamento. Questi sono i segni della vera compagna di un lupo mannaro.»

«Cosa ne sai tu?» le domandò Samuel. Brenna non poteva legarsi a noi e non avrebbe potuto sopravvivere a un morso di accoppiamento. Non era un lupo mannaro, non era la candidata giusta per essere la compagna di un Berserker. Ma fino ad allora, nessuna donna lo era stata. Yseult sembrava mettere alla prova la nostra fedeltà nei confronti della nostra

amata, esigendo una prova del nostro amore. Samuel
sembrava frustrato. «Perché ti interessa così tanto? Sei forse
gelosa?»

Yseult impallidì, ma replicò con tono mordace, «Desidero
solo servire, Alpha. Ti sei rivolto a me per trovare colei che ti
avrebbe portato la pace. Se non è lei—»

«È lei quella giusta.»Samuel avvolse le braccia intorno a
Brenna, la sua enorme mano le toccò la gola per coprire la
collana d'argento che indossava per noi.

«Allora rivendicala.»

Samuel lasciò Brenna e la mise accuratamente da parte.
Sentivo che il mio Alpha era di nuovo sul punto di perdere la
calma e, stavolta, nessun tocco rassicurante della nostra
donna lo avrebbe fermato.

«Yseult, forse è ora che tu te ne vada—»

Yseult mi seguì, ma si voltò all'ultimo secondo. «Se non
formerete un legame di coppia, ci sono altri lupi che adore-
rebbero possederla.»

«Fuori!» ruggì Samuel, con la schiena già ingobbita da
una mezza trasformazione… non in lupo ma in una bestia a
metà strada tra animale e uomo.

Il volto di Yseult diventò leggermente pallido e lei indietreggiò, facendo un inchino beffardo all'ultimo momento.

«Fino al solstizio.»

* * *

CON LE ORECCHIE che ancora fischiavano per la rabbia di
Samuel, lasciai che Yseult mi precedesse e la seguii lontano
dalla nostra camera da letto. Attraversò il corridoio di pietra
con il mento alto, senza mostrare alcun segno che fosse stata
cacciata.

«Yseult»,la chiamai e lei si fermò, rivolgendomi le spalle

rigide. «Dimmi, è possibile per un'umana accoppiarsi con un lupo?»

«Un'umana? Pura? Con tutta la magia che gli è stata tolta dal loro Cristo Bianco? No.» Il suo tono era beffardo.

«Quindi Brenna non può essere la nostra vera compagna.» Anche mentre lo dicevo, il lupo dentro di me non era d'accordo. *È nostra*, insisteva. *La nostra vera compagna.*

Mi costrinsi ad incontrare lo sguardo di Yseult. La strega sembrava percepire il disaccordo del lupo e la mia disperazione. L'espressione sul suo volto era simile alla pietà.

«Te lo dirò, Daegan: ho lanciato le rune prima di venire qui.»

«E?»

«Tu e Samuel dovete trovare la vostra vera compagna prima della prossima Luna rossa, altrimenti la bestia vi consumerà.»

Deglutii. Non sapevo cosa significasse, e non lo chiesi nemmeno. Era possibile che neanche la stessa Yseult lo sapesse. Se l'avesse fatto, ce l'avrebbe detto quando sarebbe stata pronta, non un attimo prima.

«Pensavo che Brenna avrebbe fermato la follia.»

«Le rune cadono come devono, Daegan» disse Yseult in tono tagliente.

Studiai il suo volto. Una volta, eravamo stati amanti. Di sicuro avrei trovato qualche indizio di ciò che provava sul suo viso.

Nulla.

Cercai di ragionare con lei. «L'hai visto bene quanto me… lei placa la bestia.»

«Mi dispiace» disse lei. «Ma come ho cercato di dire a Samuel, ci sono tre requisiti.»

Annuii. Calore di accoppiamento, legame di accoppiamento, morso di accoppiamento.

«Se non riuscite a soddisfarli», alzò le spalle, «non è la vostra vera compagna.»

«Ma il lupo la rivendica come compagna.»

«E la bestia? La terza, più oscura parte di voi – la bestia la accetta?»

Scossi la testa.

Come si sentirebbe un uomo che, dopo aver subito una ferita mortale ed essere sopravvissuto, sa di dover essere impiccato l'indomani? Deglutii.

«E allora che ne è di Brenna?»

«La sua presenza è utile, suppongo. Ma fino a quando la bestia non la vedrà come sua vera compagna…» Yseult fece di nuovo spallucce. «Mi chiedi cosa ne sarà di lei? Cosa succede quando la bestia prende il controllo? A tutti quelli che ti sono vicino, che siano abitanti di un villaggio, persone che ami o persino eserciti.»

Non le sarebbe servito guardare nei miei pensieri per vedere i ricordi delle uccisioni sul campo di battaglia. Mi erano scritti in volto, nelle cicatrici su tutto il mio corpo e nel rimpianto del mio sguardo. «Muoiono.»

Lei annuì.

Ogni muscolo del mio corpo si tese

Se Brenna non era la nostra vera compagna, quando la bestia ci avrebbe consumati, non sarebbe sopravvissuta.

Un'immagine mi balenò in mente: una donna fatta a pezzi. Non rimaneva altro che una macchia sul terreno.

Sentii il sapore del sangue nella bocca e quasi vomitai.

Le mie interiora si contorsero mentre realizzavo cosa stava dicendo Yseult: se avessimo amato davvero Brenna, l'avremmo mandata via.

«Quanto tempo abbiamo?» farfugliai.

«Il tempo necessario perché cediate alla follia. Forse una Luna, un giorno… O magari potrebbe volerci un secolo.»

«Non vivrà per un secolo. Gli umani non vivono così a

lungo.»

«Allora è meglio che troviate presto la vostra vera compagna.»

«È per questo che sei venuta, oggi? Per avvertirci?»

«Sì. Credici o no, sono un'amica.»

Non le credevo. Era un'alleata, ma non un'amica. Se stava rivelando quell'informazione, era perché le conveniva.

Tuttavia, la ringraziai burberamente.

Lei ricambiò con un sorriso che non coinvolgeva gli occhi. Ondeggiò i fianchi mentre si allontanava, uno spettacolo destinato ad attirare. Mi fece venire da vomitare.

Hai sentito?

Sì, rispose Samuel attraverso il legame.

Dobbiamo dirlo a Brenna. Dovrebbe saperlo.

Silenzio.

Yseult si fermò all'imboccatura della caverna, e io mi affrettai a raggiungerla, non volendo permetterle di indugiare in mezzo al branco.

«Ti accompagno al sentiero.»

Lei annuì educatamente. Se aveva percepito la mia angoscia, non disse nulla al riguardo.

Samuel?

Glielo diremo.

La nausea che sentivo allo stomaco si diffuse in tutto il mio corpo. Il lupo avrebbe voluto correre dietro alla strega con le mascelle serrate, e cacciarla dalla montagna per aver portato quella notizia. L'animale non comprendeva il futuro o la scelta alla quale dovevamo sottoporci.

In quel momento, capiva solo il presente e il dolore che lo affliggeva. E voleva vendicarsi.

Per un attimo, mi si offuscò la vista a causa del desiderio di uccidere qualcosa. Aspettai che si schiarisse, e mi avvicinai al falò. Yseult passò impettita davanti ai lupi che guardavano, alcuni in forma di uomo.

«Ciao, Siebold» salutò il guerriero con voce melliflua mentre gli passava davanti. L'enorme biondo era seduto a torso nudo su una roccia vicina al fuoco, intento ad affilare la sua spada. Si voltò per guardarla andare via.

«Siebold»,lo chiamai e, dopo una lunga occhiata alla donna che scompariva, mi rivolse la sua attenzione. «Sei di guardia fino al crepuscolo.»

La rabbia attraversò il volto dell'uomo. Apparteneva al gruppo di guerrieri che erano stati trasformati, insieme a Samuel, a Northvegr per combattere per un Re chiamato Harald Fairhair, molto tempo prima, addirittura prima che io nascessi. Ero solo un cucciolo quando arrivarono i vichinghi dalle terre fredde, salpati fin lì con navi dalla polena a forma di drago. Per un guerriero esperto come Siebold, sottomettersi a qualcuno di più giovane e con meno esperienza avrebbe dovuto far arrabbiare quello più vecchio. Ero più dominante, se non altro per il mio legame con Samuel. L'Alpha si fidava di me.

Nessuno dei due, però, si fidava di Siebold.

«Cosa voleva la strega?»

«Te», non riuscii a trattenermi dal provocarlo. «Legato su un telaio per essere scopato e poi mangiato. Le abbiamo detto di no.»

Siebold sbuffò.

«Stai scherzando, Beta» disse nel tono acido che avevo sentito usare da Yseult. Forse avrei potuto convincere Samuel a consegnare il lupo bellicoso alla strega per i suoi oscuri scopi.

«Non mettermi il muso, vichingo» lo chiamai con il suo soprannome. «Tornerà in piena estate per la sua libbra di carne, e per i suoi colpi.» Gli feci l'occhiolino. «Ora trotterella fino alla tua postazione. Manderò il cambio al tramonto.»

Provocato, ringhiò, con le labbra umane che si staccavano

dai denti leggermente più affilati di quelli di un uomo normale. Lasciando perdere la presa in giro, risposi a tono. Con i denti scoperti, lo fissai dritto negli occhi, lasciando che il lupo si mostrasse un po' finché non abbassò lo sguardo in segno di rispetto per il mio potere. Impugnando la sua arma, si alzò e risalì il sentiero di montagna fino a un punto panoramico che usavamo per fare la guardia.

Accovacciato accanto al fuoco, usai un pugnale per infilzare la carne arrostita, mangiando e al contempo conservando alcune fette per il pasto di Brenna.

Stavo per andarmene quando un urlo mi fermò.

«Beta», Wulfgar attraversò la radura verso di me, con la preoccupazione che attraversava la sua espressione schietta. «Una parola. Abbiamo avuto una visita.»

«Cacciatori?»Eravamo a mezza giornata di viaggio dal villaggio più vicino, ma i viaggiatori a volte si addentravano in quelle che consideravamo le nostre terre.

«No. Uno di noi.»

La rabbia mi attraversò dalla testa ai piedi. «Un lupo mannaro?» sbottai. C'era un altro branco vicino, quello della Luna Rossa. Li avevamo sconfitti anni prima, stabilendo il nostro diritto sulla montagna. Forse era il momento di tornare a fargli visita, a ricordargli la nostra rivendicazione.

«Sì, l'odore apparteneva a un lupo mannaro» continuò con cautela Wulfgar, «Ma non era naturale.»

Scacciata la rabbia, parlai. «Non è il branco della Luna Rossa, allora. A meno che non abbiano deciso di inquinare la loro razza.» Arricciai le labbra a quelle parole. Secondo i Rossi, i lupi Berserker come me e Samuel, e il nostro intero branco, erano abomini, figli del male. Avrebbero accettato un umano nel loro branco piuttosto che un lupo frutto della magia.

Lo sapevo perché mio padre era stato uno di loro, finché

non lo avevano cacciato perché la sua vera compagna, una strega, gli aveva dato un bambino. Me.

Su una cosa io e il branco Rosso eravamo d'accordo: i lupi Berserker erano pericolosi. La magia che scorreva nel nostro sangue alimentava la furia omicida.

Come la rabbia che sentivo adesso. «Sulla montagna?»

«No. L'ho fiutato quando ero di pattuglia, al ruscello. Fergus l'ha rintracciato fino al confine della nostra terra.»

Quello mi tranquillizzò un po', ma le mie labbra si staccarono dai denti e sentii l'energia caricarmi per prepararmi a correre, cacciare, attaccare.

A uccidere.

In passato, se un lupo mannaro si spingeva oltre i confini, lo facevo inseguire dal branco e gli davo una lezione. Le cose erano diverse, ora: avevo una donna da proteggere. Nessuna parte di me, né l'uomo né la bestia, avrebbe permesso di vivere a una potenziale minaccia per lei.

«Voglio che sia trovato e gettato nella fossa. Avvertitemi quando sarà fatto.»

«Come desidera, Beta.» Wulfgar si caricò l'ascia sulla spalla e abbaiò attraverso la radura ad altri tre guerrieri che stavano riposando in forma di lupo. «Di pattuglia. Adesso.»

Problemi? Colsi l'eco della voce di Samuel che mi arrivava dal nostro legame condiviso. La magia che ci aveva reso lupi collegava le nostre menti, e nei momenti di forti emozioni riuscivamo a sentirci chiaramente come se fossimo fianco a fianco.

No.

Regnò il silenzio dalla parte del legame di Samuel, tuttavia non usò il suo potere di Alpha, che avrebbe potuto obbligare qualsiasi lupo a piegarsi al suo volere.

Un possibile intruso. Ho mandato dei lupi ad occuparsi di lui. Indirizzai quelle parole alla mente di Samuel, inviandogli una piccola traccia della mia preoccupazione.

Trattenni qualsiasi sfumatura di rabbia. In quanto Alpha, Samuel sopportava il peso della furia Berserker. Quando la bestia prendeva piede, era davvero temibile, il più potente di tutti noi. Ciò era un vantaggio sul campo di battaglia ma, in tempo di pace, quando la magia si impadroniva delle nostre menti, era quello più incline a perdere il controllo.

Camminando intorno al fuoco, attesi che le mie emozioni turbolente si calmassero.

Daegan di Alba, chiamò il mio nome Samuel e mi inviò un'immagine di come mi vedeva. Capelli scuri, con muscoli vigorosi sotto le pellicce che indossavo come vestiti. Un guerriero in gamba. Percepii un po' di censura, come se capisse il motivo per cui mi tenevo alla larga e cercavo di proteggerlo, ma non gli piacesse.

Vieni.

Vorrei aspettare un po'. Non vorrei essere il responsabile della tua perdita di controllo. Protestai.

Tu non sei responsabile della mia debolezza, così come Brenna non è responsabile della mia forza.

Lei placa la bestia.

Sì. Sospirò Samuel. *Ma forse è arrivato il momento che la veda.*

La nostra conversazione continuò mentre percorrevo il corridoio scolpito nella pietra. Mostrare la bestia a Brenna poteva significare la sua morte. Ma se ci fossimo trattenuti e avessimo perso il controllo, sarebbe stato ancora più pericoloso.

Ricordi come ha reagito quando ci ha visti da lupi. Era terrorizzata. Non dimenticherò mai l'espressione sul suo viso. Avrebbe preferito affrontare la morte piuttosto che noi in forma animale. Quanto ancora ci odierà quando incontrerà il mostro?

Non ci odia. Mi rassicurò Samuel. *Ci accetta in forma di lupo, accetterà anche la bestia.*

Hai più fiducia in lei di quanta ne abbia io.

Forse.

«Odio parlare con te quando fai così», brontolai entrando nei nostri alloggi. «Sei così dannatamente calmo. Da quando hai cercato di diventare un monaco, ogni volta che discutiamo usi questo tono irritante. Sei così maledettamente ragionevole.»

«Vivere di pane ed acqua in un monastero senza nulla che separasse i miei pensieri e la follia mi ha insegnato il valore della ragione, per lo meno.»

«Credevo odiassi essere un monaco.»

«Non abbastanza da riprendere il mio vecchio nome.»Samuel era stato Sigmund prima della sua breve conversione al Cristo Bianco. Un nome nordico bello forte. «Ho passato più di un secolo come Sigmund, e la maggior parte di questo come Samuel.»

«Quale ti piace di più?» Ero curioso. Non stavamo parlando della questione urgente di Brenna e la nostra futura vera compagna, ma era un sollievo chiacchierare di cose mondane.

«Non importa. Sono Samuel, ora. Il vecchio vichingo è sparito.»

Aveva ragione. Oltre alle sue immense abilità in battaglia, la calma e il controllo di Samuel lo rendevano adatto a comandare. Wulfgar aveva alcune delle sue qualità – il potere della bestia furiosa, e la fermezza e la forza necessarie a controllarla. Peccato che Siebold non avesse imparato a fare altrettanto.

«Vorrei che anche il vichingo—»mi riferii a Siebold con il suo soprannome, «fosse sparito. Se lo avessimo offerto a Yseult—»

«No.» Samuel non avrebbe nemmeno scherzato su una cosa simile.

Mi avvicinai alla pedana, e scostando alcune pelli mi accorsi che Brenna non stava dormendo.

«Dov'è lei?»

«Nella sala da bagno, sta lavando i suoi indumenti.»

«Da sola?»

«Qualche minuto non le farà male. Potrei mettere Fergus a farle la guardia, se vuoi. Sarebbe un buon esercizio per lui.» Samuel mi osservò camminare nervosamente avanti e indietro. «Non possiamo tenerla rinchiusa per sempre. Per quanto mi piacerebbe…»

«È pericoloso.»

«Deve incontrare il branco e imparare le nostre usanze.»

«Esporla al branco non ci aiuterà in nulla. Non è la nostra vera compagna», sbottai. «Anche se vogliamo che lo sia. Hai sentito la strega?»

«Sì che l'ho sentita.» Samuel era seduto sulla pedana, con le braccia appoggiate sulle ginocchia. Alto e con le spalle larghe, sembrava un gigante se comparato alla maggior parte degli uomini. L'unica cosa che poteva sconfiggerlo era la rabbia dentro di sé.

Sentii una pugnalata di rabbia. Le parole della strega mi avevano fatto sentire impotente. La bestia odiava quella sensazione.

«Perché le rune avrebbero dovuto mentire?» Diedi un calcio alla catasta di legna che tenevamo per accendere i bracieri, desiderando fosse un nemico. Per un momento, la sete di sangue mi ruggì nelle orecchie. «Abbiamo bisogno di lei. Non possiamo lasciarla andare, lo sai.»

«Sì che lo so.»

Mi passai una mano tra i capelli, sentendo le unghie affilarsi in artigli. Quando mi si conficcarono nella pelle, mi fermai e presi un respiro profondo. Le emozioni forti risvegliavano la bestia, perciò, così vicino a Samuel, dovevo mantenere il controllo.

«Perdonami, Alpha» offrii le mie scuse per compensare la sua umiliazione. Samuel era il più forte di noi, essere incapace di controllare la bestia mi faceva arrabbiare. «È solo che... l'abbiamo tenuta nella caverna, coccolata e accudita. Non le manca nulla... oltre al contatto col mondo esterno.» Il lupo che era in me piagnucolò, felice di sapere che avevamo tenuto la nostra compagna al sicuro e ce ne eravamo occupati.

Non è la nostra compagna, gli ricordai.

«Yseult ti ha detto quanti anni passeranno prima di perdere il controllo?»

«Lo sai che non lo ha fatto. Dannata...» cercai di pensare ad un insulto più pesante di 'strega', ma non ci riuscii. «...strega.»

«Forse le rune non lo hanno rivelato.»

«Ha importanza? La bestia prende controllo velocemente, lo sai bene quanto me. E quando succede, dobbiamo essere pronti a mandare via Brenna.»Altrimenti morirebbe. La bestia non riconosceva gli amanti del passato come amici. Non riconosceva nulla. L'unica cosa che conosceva era la distruzione. Era distruttrice: il mondo era mera carne da macello per la sua fame violenta.

«È possibile—»

«No.»Mi interruppe, ma io conclusi comunque la frase: «—che sia la nostra vera compagna?»

«Gli umani non possono accoppiarsi con i licantropi.»

«Allora cos'è che abbiamo fatto con lei per tutto questo tempo, esattamente?»Lanciai uno sguardo alla pedana dove avevamo trascorso lunghe ore a sfinire la nostra amata. Eravamo stati il più gentili possibile con lei, ma nella frenesia della passione era facile perdersi.

E un giorno quella perdita di controllo avrebbe potuto mettere fine alla sua vita.

Rabbrividendo a quei miei oscuri pensieri, mi concentrai sulla spiegazione di Samuel.

«Una vera compagna implica tre cose: possono legarsi

con noi. Sopravvivere a un morso di accoppiamento. E concepire.»

«E partorire» mi soffermai su quella parola.

Samuel mi guardò male. «Nessuna di queste cose può accadere. Non permetteremo che accadano.»

Cercando un argomento valido, esordii: «Mia madre—»

«Era una strega molto potente.»

«Come Yseult. Mia madre era potente a modo suo. Alla fine, però, non è stato abbastanza per salvarla.» I miei pensieri erano diventati così oscuri che fui tentato di trasformarmi in lupo e correre via lontano…. Un pomeriggio a casa di conigli avrebbe messo le cose nella giusta prospettiva. Soprattutto quando veniva seguito da una serata con Brenna.

«Le rune confermano soltanto una cosa che già sospettavo. Brenna non è la nostra vera compagna: non può legarsi a noi, non può sopravvivere a un morso.»

«Allora perché le rune ci hanno detto di trovarla?»

Samuel sospirò, un suono pieno dei suoi cento anni di disperazione. «Non lo so.»

Ricominciai a camminare. «Se cerchiamo di mandarla via, potrebbe non andarci. È troppo fedele.»

«Allora siamo noi a doverla lasciare prima che perdiamo il controllo.» Il viso di Samuel diventò duro come la pietra, lasciandomi capire che stava zittendo il lupo. Il mio, invece, avrebbe voluto ululare al pensiero di perdere la nostra amata.

«Più aspettiamo, più è probabile che la bestia vinca.»Sarebbe bastato soltanto un errore, una notte buia in cui la bestia regnava sulle nostre menti e sarebbe accaduto l'impensabile. La bestia era spietata. Poteva squarciare guerrieri esperti in battaglia come se nulla fosse. Cosa avrebbe potuto fare a un fiore come lei?

Samuel fece un respiro profondo. «Dobbiamo resistere il più a lungo possibile.»

«Non puoi metterti tutto il peso sulle spalle.»

«Daegan—»

«No, Samuel.»

«Io sono l'Alpha» ringhiò, e i miei occhi scattarono verso terra in risposta al suo tono severo. Non aveva bisogno di mostrarmi la sua forza, né a me né a nessun altro, per percepirla pienamente.«Il branco non è affidabile.»

«Ti prendi troppe responsabilità.» Non incontrai lo sguardo dell'Alpha, ma il mio tono era di rimprovero. Di tutto il branco, io ero l'unico a poter tenere testa al potente guerriero biondo. Il branco aveva bisogno anche di me: se l'Alpha avesse ceduto alla furia Berserker, che possibilità avremmo avuto noi altri? Avremmo seguito la scia di Samuel o saremmo stati fatti a pezzi.

«Se ti fai carico di troppa magia, ti indebolirai.»

«È passato così tanto tempo. So come ci si sente» rispose con voce roca.

Io annuii.

«Hanno bisogno di sollievo.»

«E lo avranno. La nostra vera compagna ci darà equilibrio, e la pace si riverserà sul branco. La troveremo. Dobbiamo.»

Anche mentre lo diceva, il mio lupo ringhiava disperato. *Brenna è la nostra vera compagna*, insisteva.

No. Non può essere così.

«Nel frattempo, permetteremo a Brenna di lasciare la caverna insieme a noi. Non possiamo tenerla nascosta per sempre.»

«No»,sbottai senza pensarci. «È troppo pericoloso.»

Samuel alzò un sopracciglio, io invece abbassai cautamente lo sguardo.«Alpha. Mi limito a sottolineare il pericolo di mostrare la nostra amata al branco.»

«Trarranno beneficio dal vederla. Anche se non possiamo rivendicarla come compagna, la sua presenza darà speranza.»

Non riuscii a dire nulla, così mi aggrappai alla magia per

trasformarmi. Il mondo si dissolse e ritornò nuovamente visibile in profumi acuti e colorati. Il più potente di essi – una nebbia blu con contorni rossi e neri – proveniva da Samuel. Tristezza, venata di disperazione.

«Non piace nemmeno a me», disse Samuel. «Le staremo accanto per tutto il tempo.»

In forma di lupo, fissai il mio Alpha con sguardo ferito, facendogli capire senza utilizzare le parole che desideravo poter tenere al sicuro la nostra amata nella caverna insieme a noi, per sempre.

Samuel annuì tristemente. «Anch'io.»

Un po' di tempo a cacciare conigli mi fece soltanto bene. Mi lavai in un ruscello di montagna e cambiai forma. Quando tornai agli alloggi, Brenna aveva finito di fare il bucato. Il suo abito e alcune pellicce erano stesi ad asciugare sulle rocce, e lei si era immersa nuda nella piscina.

Rimasi nella grotta delle sorgenti calde a guardarla lavarsi. Le acque che riempivano la caverna erano la ragione per cui avevamo deciso di rendere quella montagna la nostra casa. Quello, e le stanze e i tunnel scavati dai nani molto tempo prima.

L'acqua lambiva le sue natiche arrossate mentre faceva il bagno. Ammirai la sua grazia nei movimenti più semplici. Dal primo giorno in cui l'avevamo comprata, aveva dimostrato il portamento e la grazia di una regina.

Quando ne ebbi abbastanza di guardarla, mi tuffai anch'io in acqua. Lei trasalì e si voltò come se si fosse dimenticata di me. Io le rivolsi un mezzo sorriso e agitai una mano in saluto per vedere se si fosse dimenticata anche di come le avevo arrossato il sedere.

Le sue labbra si incurvarono in segno di disprezzo. Si voltò di nuovo e mi diede le spalle.

Ridacchiando, mi sistemai su una roccia per godermi il panorama. Non sarebbe rimasta nell'acqua per sempre.

Quando terminò di lavarsi, la chiamai: «Vieni fuori, ragazza. Ho un regalo per te.»

Si avvicinò con circospezione, e io fui colpito dal contrasto tra la sua pelle pallida e i capelli scuri e gli occhi da cerbiatta. Non riuscii a resistere, così la presi tra le braccia e posai un bacio sulle sue labbra fredde, spostandole i capelli dalla cicatrice bianca sul collo. Persino quella mi sembrava adorabile, soltanto perché era parte di lei.

Le mostrai la mia offerta di pace: un panno pieno di bacche che avevo raccolto. Riuscirono a strapparle un sorriso, ma poi lo richiuse e lo poggiò sulla roccia. La mia donna mi prese la mano per farmi alzare in piedi. Allungò una mano per accarezzare i miei lineamenti, il naso, le guance e la fronte. Sapevo cosa vedeva: un uomo di età indeterminata, con i capelli scuri e gli occhi chiari, i quali diventavano dorati quando la magia si impossessava di me. Anni di vita dura avevano reso il mio volto rude e spigoloso, ma la magia ci permetteva di guarire rapidamente e di allungarci la vita. Nonostante tutti i suoi difetti, la bestia ci manteneva giovani.

«Samuel vuole che incontri il branco», le dissi. «Abbiamo intenzione di portarti fuori, domani.»

Le lasciai accarezzare le linee di preoccupazione sulla sua fronte. Il lupo sospirò felice.

«Non voglio mostrarti, Brenna. Non è sicuro. Non siamo…» faticai a spiegare. «Noi non siamo sicuri.»

Lei continuò a toccarmi. Le sue dita tracciarono le mie sopracciglia.

Chiusi gli occhi, accorgendomi di quanto tempo avessi passato sull'orlo del baratro nelle ultime ore, aspettando che lei mi accettasse o meno. Le sue dita si posarono poi sulle mie guance per tracciare gentili linee fino al mio petto. Ogni muscolo del mio corpo si rilassò.

Il lupo si addormentò.

CAPITOLO 3

Il giorno dopo la aiutai a vestirsi con la sua unica tunica rimasta, insieme a spessi stivali di pelle. «Samuel vuole che ceni con il branco. Devi stare sempre vicino a uno di noi, o me o lui, e tenere lo sguardo basso.»

Controllai la collana attorno al suo collo. «Questa ti segna come nostra» le dissi, «ma è una protezione limitata.»

Le sue dita accarezzarono il collare d'argento, e io provai un'ondata di orgoglio protettivo. La baciai, poi le afferrai il polso. «Vieni, ragazza.»

La condussi fuori dalla grotta, fermandomi all'entrata.

«Ricorda le regole, ora. Non guardare nessuno negli occhi. Il lupo la considera una sfida.»

Aggrottò la fronte.

«Sono serio, piccola. È una grave offesa. Tieni lo sguardo basso e rimani accanto a me.»

Si accigliò ma si avvicinò a me, con gli occhi puntati sulla roccia sotto i nostri piedi.

«Brava ragazza.»

Lottai contro la mia stessa diffidenza intanto che facevamo il nostro ingresso nella radura. Samuel aveva ordinato a tutto il branco di rimanere sotto forma di uomini per quella visita di prova. La nostra forma animale avrebbe potuto ricordarle l'attacco che aveva subito. Per questo motivo, venimmo fissati da una ventina di uomini non appena percepirono l'odore di Brenna. L'altra dozzina di noi, probabilmente, stava cacciando o era di pattuglia.

Brenna fece per alzare lo sguardo, ma io le ricordai dolcemente: «Gli occhi.»

Mentre ci spostavamo all'esterno, percepii il suo cuore battere più forte e il suo profumo tingersi di nervosismo, il che faceva soltanto sì che gli uomini la fissassero più a lungo. L'unica cosa più attraente di una bella donna tremante era la sua paura. Quello urlava 'preda'.

Il profumo spaventato di Brenna era delizioso. Di quel passo, dubitavo che avremmo raggiunto il centro della radura prima che un Berserker cercasse di morderla.

Afferrandole il polso, la portai più vicino a me.

«Calma, piccola», le ordinai sottovoce. «Non permetterò che ti venga fatto del male.» Guardai gli altri da sopra la sua testa. Alcuni uomini abbassarono il capo in segno di sottomissione.

Samuel fece ingresso nella radura, nudo a parte un perizoma. Mentre il suo sguardo percorreva tutto il gruppo, il resto dei guerrieri fece attenzione a non mostrare interesse per la donna dell'Alpha. Tornarono a occuparsi del fuoco, a preparare un grande spiedo per la carne o ad affilare le armi. Tutti eccetto Fergus, rimasto in forma di lupo, che chinò la testa quando io e Brenna gli passammo davanti. Se Brenna aveva riconosciuto il lupo dalla pelliccia più rossastra che marrone come il giovane dai capelli rossi che si era avventato su di lei, non ebbe nessuna reazione.

Samuel ci fece cenno di avvicinarsi al luogo in cui sedeva su una grande roccia, come un re sul suo trono. Stesi una pelliccia ai suoi piedi e feci sedere Brenna sotto di lui.Chinandosi in avanti, posò una mano sulla nuca di lei.

Una volta che la carne fu arrostita, offrii a Samuel la porzione migliore. La tagliò col suo coltello e nutrì la nostra amata con le mani, pezzo per pezzo. Le guance di lei si arrossarono in modo allettante, ma non rifiutò nessuna delle sue offerte.

Sia io che Samuel la toccavamo spesso, cercavamo di tenere una mano su di lei in ogni momento. La rivendicavamo, per mostrare al branco che sapeva come comportarsi bene.

Lei tenne lo sguardo basso, anche quando i guerrieri cominciarono il loro gioco preferito, cioè lanciare le asce contro un tronco che Wulfgar aveva trascinato sulla montagna. Siebold fece raccogliere le asce a Fergus, il più piccolo e debole del branco. Samuel permise questa dimostrazione di dominanza, ma osservò il tutto attentamente.

In forma di lupo, Fergus riportò l'ascia e la posò ai piedi di Siebold. Trotterellò di nuovo verso l'obiettivo quando la stessa ascia che aveva portato indietro gli tagliò la strada, quasi prendendogli la coda.

Fergus guaì e corse via.

Siebold rise fino a quando una piccola lancia con la punta di metallo gli tagliò la spalla. Indignato, cercò chi l'aveva lanciata. Wulfgar era rimasto in piedi a braccia conserte, con un'espressione accigliata in volto. Siebold era al quarto livello nella gerarchia del branco, e non per mancanza di tentativi per salire al terzo grado. Wulfgar aveva battuto il guerriero biondo più di una volta.

Stringendo i denti, Siebold estrasse la punta della lancia dalla carne. Il sangue si riversò sui suoi muscoli nudi. In tutto questo, non aveva mai distolto lo sguardo da quello di Wulfgar.

Wulfgar ringhiò in segno di sfida.

Accanto a me, Brenna sussultò.

L'incantesimo si era rotto: Siebold lanciò uno sguardo alla nostra amata, con gli occhi dorati luccicanti.

Mi resi conto che Brenna stava fissando il guerriero biondo. Le spinsi la testa verso il basso.

Ancora arrabbiato, Siebold fece un passo verso Brenna. Samuel si alzò in piedi immediatamente, emettendo un ruggito che scosse l'intera montagna. L'intero branco cadde su mani e piedi, cominciando a cambiare forma. Tirai su Brenna con un braccio stretto intorno al collo. Lei si aggrappò al mio avambraccio, nascondendo la testa sul mio petto, con gli occhi chiusi.

È stata una pessima idea.

Samuel ringhiò contro il branco. Se avesse perso il controllo in quel momento—

La fortuna, però, arrivò ad assisterci sotto forma di un piccolo lupo rosso. Fergus corse di nuovo verso il raduno, abbaiando notizie.

Un intruso... ai piedi della montagna.

La tensione, già alta, si riversò su tutto il branco. Tutti i guerrieri si alzarono, prendendo le armi.

«Wulfgar, Siebold, con me.»Gli occhi di Samuel brillavano dorati. Sentii la sua furia, la bestia che cercava di demolire il muro di controllo che Samuel teneva sempre alto.

Samuel, forse dovrei andare io, gli dissi attraverso il legame fraterno. Lui rivolse la sua espressione furiosa verso di me e io chinai la testa davanti alla sua dimostrazione di potere.

«Portala dentro» ordinò. *Prima che l'intruso senta il suo odore.*

«Vieni, Brenna.» Mi maledissi mentre la trascinavo con me. Era la sua prima volta con il branco, e aveva sfidato Siebold e poi attirato un intruso? Quella visita non poteva andare peggio di così.

All'entrata della caverna, Brenna mi tirò la mano, costringendomi a guardarla in volto. Mi poggiò una mano sul braccio, con il viso contrito da un'espressione preoccupata.

«Starà bene, piccola. Risparmia le tue preoccupazioni per qualsiasi intruso. Dovrà affrontare l'ira dell'Alpha.» Lei annuì e accettò il mio bacio, nonostante sembrasse ancora spaventata. «Credi davvero che Samuel verrà ferito?» la presi in giro dolcemente. «Hai poca fiducia nei tuoi compagni Berserker.» La parola 'compagni' mi scappò di bocca prima di potermene accorgere.

Eravamo a metà strada verso gli alloggi quando sentii che qualcosa ci stava seguendo. Mi girai e spinsi Brenna dietro di me nello stesso momento.

Il piccolo lupo rosso che ci seguiva guaì per scusarsi.

«Oh, è soltanto Fergus.»

Fergus lasciò cadere un sacchetto di pelle ai miei piedi.

«Ti ringrazio» dissi al lupetto. Fergus fece un sorriso a denti stretti e se ne andò. Aprii il sacchetto e sorrisi anch'io vedendo il piccolo oggetto di legno lucido al suo interno. «Finalmente qualcosa di buono in questa giornata di merda.» Sia io che Brenna avevamo bisogno di una distrazione, e adesso c'era. Presi la mano di Brenna e la guidai verso la camera da bagno per giocare con il nostro nuovo giocattolo.

* * *

«Dimmi, Brenna, cosa ne pensi di quest'ultima visita al branco?» le chiesi mentre raggiungevamo la piscina.

Lei strinse le labbra. Quando aveva visto il branco per la prima volta, per poco non se l'era data a gambe urlando per la montagna.

«Sei andata bene, fino alla fine, quando stavi fissato Siebold. Dimmi la verità: lo hai guardato negli occhi?»

Brenna incrociò le braccia davanti a sé prima di annuire.

«Come pensavo. Per quanto mi piacerebbe dare una bella

bastonata a quell'idiota, le regole sono regole. Wulfgar o un altro lupo potrebbero passare sopra al tuo comportamento, ma Siebold esigerà una punizione.»

Feci scorrere una mano sulla sua schiena a mo' di rassicurante carezza.

«Non aver paura. Presto imparerai le nostre usanze.»Le strinsi una natica da sopra al vestito. «Non voglio scaldarti il sedere così presto, dopo la tua ultima sculacciata. Ma ho un piccolo promemoria per te, per rispettare i nostri ordini.»Feci un passo indietro. «Spogliati.»Le diedi uno schiaffo sul sedere per sollecitarla, e andrai a prendere l'occorrente per raderla.

Nuda, Brenna prese posto davanti a me, sulla solita roccia, stesa sulla schiena, con le ginocchia piegate e la pianta dei piedi contro la pietra.

Mi sistemai tra le sue cosce, facendo scorrere un dito sulle labbra rosee della sua intimità, godendomi la vista e la sensazione della leggera peluria sotto il polpastrello. Rasarla era solitamente un mio dovere nonché piacere, e si era abituata. Sia io che Samuel adoravamo la sensazione della sua pelle liscia.

«Apri bene le gambe» le ordinai, anche se le aveva già divaricate abbastanza. Con un sospiro, obbedì, aspettando tranquillamente che mi dessi da fare. Intrecciò le dita delle mani, ma a parte questo non mostrò nessun segno di nervosismo.

Affinai la lama con gran cura. Mi presi tutto il tempo necessario per oliare le sue labbra paffute, facendo scorrere un pollice su e giù finché i suoi respiri non accelerarono. Mosse il sedere sulla pietra e la pizzicai. «Ferma, piccola.»

La sentii sbuffare sulla mia testa, così la abbassai per nascondere il mio sorriso. Le si arrossò la vagina e il suo clitoride si inturgidì, pronto per ricevere le mie attenzioni una volta portato a termine il mio compito.

Quando la sua vagina fu liscia, feci correre le mie mani oliate sulle sue gambe. Le aveva depilate lei stessa, precedentemente, e mi gustai la sua pelle di seta, massaggiandola e posando qualche bacio qua e là dalla caviglia fino al ginocchio.

Brenna allargò ulteriormente le gambe come se mi stesse invitando a passare più tempo sul suo centro. Dopo averla rasata, di solito le regalavo un orgasmo o due.

Brenna sembrò confusa quando mi alzai in piedi e mi andai a sedere accanto a lei.

«Abbiamo quasi finito. Vieni a sdraiarti sulle mie gambe. Così, da brava.»

Si mosse con prontezza, chiaramente in attesa di una ricompensa.

Controllai con le dita le sue labbra inferiori. Giocai con quelle pieghe finché non sentii il suo respiro accelerare di nuovo, poi lasciai che si spingessero più in alto, fino a raggiungere la fessura del suo sedere. Spesso le stringevo le natiche e le separavo per stimolare quel buco. Lei me lo permetteva, supponendo mi piacesse il suo sedere.

Quel giorno mi sarebbe piaciuto ancora di più. Quel giorno, il piccolo plug di legno giaceva accanto a lei, avvolto in un panno, in attesa del suo turno. Scolpito e lucidato a specchio, sarebbe stato meraviglioso incastonato tra le sue natiche. Con una buona lubrificazione, sarebbe scivolato proprio nel suo buco posteriore.

Dopo qualche minuto passato a massaggiarle le natiche, oliai il piccolo cilindro di legno e misi l'estremità più stretta all'entrata del suo posteriore.

Si irrigidì immediatamente.

«Sh, rilassati. Brava ragazza.»

Si contorse, così le diedi uno schiaffo sul sedere.

«Ferma. Pensavi che avrei lasciato impunito il tuo comportamento di prima? Ogni volta che infrangi le regole, il tuo culo ne pagherà il prezzo, in un modo o nell'altro. Adesso indosserai il plug, e così la prossima volta che andremo tra il branco. E magari, un giorno, sarai abbastanza larga da poter prendere insieme sia me che Samuel…»

«Fai un respiro profondo, piccola. Questo è un promemoria per te e un premio per Samuel.»

E per me, aggiunsi mentalmente.

Con un'altra contorsione più fastidiosa, mi permise di infilarle il plug nel sedere. Il mio uccello si indurì alla vista dell'estremità del legno così ben incastonato dentro di lei. «Bravissima, Brenna.»

Controllai le labbra della sua vagina e le misi le dita davanti al viso. «Proprio come sospettavo. Ti piace molto più di quanto lasci intendere.»

Cominciò di nuovo a dimenarsi, così le bloccai le gambe sotto una delle mie. «Ora, la tua ricompensa.»

Le mie dita accarezzarono il suo clitoride finché non si contorse e ansimò per un motivo ben diverso. La portai sull'orlo del baratro diverse volte, fermandomi prima di farla venire. Ogni volta che mi fermavo, spingevo più in fondo il plug dopo averlo estratto un po', abituandola a sentire il movimento nel suo meraviglioso sedere. Dal modo in cui gemeva e ondeggiava i fianchi, la cosa sembrava non dispiacerle del tutto.

Alla fine, continuai a toccarle il clitoride. «Vieni, Brenna.»

Quando venne percorsa dall'ondata di soddisfazione, la aiutai ad alzarsi.

«Sei stata brava» le dissi. «Mi hai soddisfatto.»

La voltai e controllai il plug. La vista del legno che spuntava tra le sue natiche mi fece indurire. Collocato in profondità, le avrebbe allargato l'ano per bene.

«Lo indosserai come promemoria, per ricordarti che appartieni a noi.»Le strinsi più forte il sedere e gli posai sopra uno schiaffo prima di abbandonarla lì per recarmi a pulire gli utensili che avevo usato per rasarla.

«Presto Samuel sarà di ritorno. Fino ad allora, magari potremmo trovare un modo per passare il pomeriggio.»

Mi voltai appena in tempo per vedere il plug volare in acqua e sparire in uno spruzzo.

«Brenna.»mantenni un tono severo, ma per poco.

Era rivolta verso di me, con il mento alto e le braccia incrociate sul petto. Anche in quel modo, nuda e arrossata dal nostro passatempo, sembrava fiera come una regina.

Mi avvicinai a lei, dandole uno schiaffo sul sedere mentre passavo. Sussultò ma non cambiò la sua posizione. «Cattiva, cattiva ragazza. Adesso verrai punita. Come dicevo prima, Samuel tornerà presto, e ti troverà con un bel culetto rosso.»

Dopo qualche minuto passato a cercare il plug nella piscina, mi arresi, con disprezzo. Brenna indietreggiò quando uscii dall'acqua, ma i pochi passi che aveva dato in ritirata non erano all'altezza della mia velocità, così, in pochi secondi, era già sulla mia spalla. «Fergus ha intagliato il plug per te. Pensi che ne possa fare un altro?»

La portai nella nostra camera da letto e la stesi sulla pedana. «Rimani ferma.»

In un attimo ero di nuovo al suo fianco, con una lunga striscia di stoffa in una mano. Le legai le mani e gliele stesi sopra la testa, fissandole in quel modo alla base della pedana. Avevamo installato un anello di ferro in quel punto, in previsione di qualche punizione. Fino a quel momento Brenna si era dimostrata accondiscendente, perciò non c'era motivo di incatenarla.

Fino ad allora.

Scuotendo i miei capelli bagnati per asciugarli più in fretta, le rivolsi un mezzo sorriso. «Normalmente, aspetterei il ritorno di Samuel per decidere la punizione più adatta, ma non è possibile ora. Dovremmo intrattenerci da soli finché non sarà di nuovo qui.»

Mi guardò con diffidenza mentre mi posizionavo ai suoi piedi.

«Apri le gambe, piccola, altrimenti le divarico da solo e le lego.»

Il suo respiro accelerò mentre si esponeva completamente al mio sguardo. Il sottile profumo del suo desiderio si diffuse nelle mie narici dopo averne inalato una quantità esagerata, poi aggrottai le sopracciglia quando la vidi arrossire. Sembrava la eccitasse, il fatto di essere legata.

Non persi tempo e le piantai la bocca proprio sul suo centro, riscaldandone ogni dolce centimetro col mio caldo respiro. Lei inarcò la schiena, alzando i fianchi in modo che la sua figa premesse contro la mia bocca. Non se lo aspettava, perciò voleva approfittarne.

Ruotando la testa, lasciai che la mia lingua disegnasse un cerchio intorno al suo clitoride turgido. Nord, Est, Sud, Ovest, la mia lingua si intrufolò ovunque tranne che nell'unico punto che lei desiderava assaggiassi.

I suoi fianchi sussultarono, implorandomi di darle di più. Gli umori le colarono nella fessura del sedere. Col dito presi un po' della secrezione setosa e ne ricoprii un dito prima di tastarle delicatamente l'ano. Improvvisamente, si contorse inarcando la schiena e gettando la testa all'indietro.

Afferrandole le caviglie, la rimisi giù.

«No, no, piccola. C'è più di un modo per allenarti a prenderci da qui dietro. E ti piacerà.»

Le schiaffeggiai la passera abbastanza forte da farla sussultare. Le palpebre le vibrarono in un piacere quasi scioccante. Lo feci di nuovo, alternando gli schiaffi con stimolanti carezze.

Tenendole le gambe aperte, continuai a venerare il santuario della sua intimità bagnata, godendomi il modo in cui le sue labbra si gonfiavano sotto le attenzioni della mia lingua. Mi spinsi più in fondo, introducendola nel suo buco fradicio prima di percorrere la scia che finiva tra le sue natiche. Stavolta, la mia lingua le accarezzò anche l'altro buco.

Lei oppose una formale resistenza, ma i suoi sforzi cessarono quando le mie dita ripresero ad accarezzarle le labbra. Si dimenò di nuovo quando le toccai col pollice il clitoride turgido. La mia lingua, intanto, si fece strada nello stretto anello di muscolo; le scopai il culo con la lingua e le diedi piacere con le mani. La parte superiore del suo corpo si contorceva, ma il tessuto che le bloccava i polsi teneva duro. Fui spietato. Mi prese a calci la schiena con i piedi mentre si dimenava.

Brenna venne con forza, tremando dalla testa ai piedi.

«Ancora un po', e verrai soltanto con un dito dietro.» Le infilai il mignolo nel sedere e lo girai. Lei rabbrividì, ma il suo volto era rilassato dal piacere.

«Rivendicheremo ogni parte di te. E lo faremo presto» dissi poi, abbassando la testa per un altro round.

CAPITOLO 4

Ore dopo Samuel si fece sentire attraverso il legame. *Daegan?*

Sono qui. Mi alzai dalla pedana. *La caccia è andata a buon fine?*

Sì. Abbiamo trovato l'intruso. È nella fossa, adesso.

Sorrisi all'immagine mentale della radura ai piedi della montagna, con la bocca di un profondo buco che si apriva al suo centro. I lupi facevano la guardia nei paraggi del luogo.

Lo lasceremo lì per qualche giorno prima di interrogarlo.

Mi concentrai su Brenna, che si era svegliata dal suo sonnellino. Avevo passato un intero pomeriggio a darle piacere prima di darle una sonora sculacciata per aver gettato il plug. L'avevo posseduta fino a quando non era venuta sul mio uccello, poi ci eravamo fatti le coccole e ci eravamo addormentati.

Ora mi guardava, attenta alla mia improvvisa immobilità. Non le sfuggiva nulla. Nonostante non avesse la voce per porre domande, avevo la sensazione che conoscesse tutti i nostri segreti.

«Samuel è tornato. Non vede l'ora di vederti.»

Allungò la mano per prendere il vestito, ma io glielo strappai e lo trattenni nelle mie. «Pensi di esserti guadagnata il lusso di rimanere vestita, oggi? Le cattive ragazze stanno all'angolo, con il loro bel culetto rosso in mostra.»

Con un sospiro, ritirò la mano.

Contattai Samuel sul nostro percorso mentale, e mi diede la rassicurazione che era vicino al fare ritorno a casa.

Anziché nell'angolo, posizionai Brenna sulla pedana, inginocchiata con la testa abbassata e sepolta tra le braccia. Il suo sedere era rivolto verso la porta, una sorpresa per Samuel.

Quando l'Alpha arrivò, si fermò sulla soglia, gli occhi dorati, brutali e selvaggi. Trattenni il respiro, e così fece anche Brenna.

Chi comandava la sua mente – il guerriero o il lupo?

Samuel si fece avanti e girò attorno alla pedana, come un predatore a caccia. Brenna rimase congelata in quella posizione. L'Alpha percorse la schiena di Brenna con un dito. Il suo tocco era leggero, ma lei rabbrividì lo stesso: cominciò a tremare, a causa della magia o dell'attesa, oppure di entrambe le cose.

«Apri le gambe.» La voce di Samuel era rauca, come se avesse dimenticato il suo utilizzo.

Brenna obbedì, con la testa ancora sepolta tra le pellicce.

Samuel la esaminò afferrandole le natiche per separarle. Le mani della nostra amata si strinsero a pugno nelle pellicce ma non si mosse.

«Hai usato un plug.»

«Sì.»

Samuel mi lanciò uno sguardo, con le mani che tenevano ancora divaricate le natiche di Brenna. «Com'è andata?»

«Mi sono voltato, e Brenna... l'ha perso.»

Ancora inginocchiato dietro di lei, Samuel prese una manciata dei capelli della nostra amata e la arrotolò intorno al polso, tirandola finché la sua schiena non si inarcò e la testa non si piegò all'indietro. Più e più volte, mormorò il suo nome. «Brenna, Brenna, Brenna. Come potrò scoparti il culo se non è abbastanza largo da potermi accogliere?»

Il corpo di lei si piegò all'indietro nel tentativo di alleviare la tensione che stavano subendo i suoi capelli. Guardai il cuore batterle in gola.

All'improvviso, Samuel la lasciò andare, e la sua testa ricadde tra le pellicce. Afferrandole i fianchi, le tirò il sedere verso di sé e usò il suo uccello per accarezzarle le pieghe. Il respiro di lei cambiò, diventando più affannoso.

«La prossima volta» ringhiò Samuel, «non aspetterò. Farai meglio a permettere a Daegan di prepararti, perché ho intenzione di prendermi ciò che mi appartiene. E questo —»La sua mano le afferrò forte il sedere, «è mio.»

Con una mossa improvvisa, Samuel la coprì con il suo corpo, spingendola completamente giù, sulle pellicce. Le teneva una mano sulla nuca e usava l'altra per guidarsi dentro di lei. Brenna giaceva sulla pancia, bloccata e indifesa. Con le gambe unite, il suo canale sarebbe sembrato più stretto. Sentii i testicoli ritirarsi in previsione di una scopata così bella.

Cominciai a toccarmi guardando Brenna tremare sotto le spinte feroci che l'Alpha dava al suo corpo accogliente. Sapevo quando sarebbe venuta, dimenandosi contro le pellicce. I suoi pugni si aprirono e si richiusero subito dopo. Samuel accelerò il ritmo, i suoi fianchi che battevano contro i suoi.

Mi concentrai sul volto di Brenna anche se le visioni mi attraversavano la mente. La velocità del lupo a caccia. Brenna, la pelle arrossata del suo posteriore. Il desiderio di violenza mi invase, togliendomi il respiro.

Samuel urlò.

Incapace di trattenermi, mi masturbai lì, con il muro di pietra alle spalle. Una volta finito, mi allontanai dal muro, chiedendomi cosa avessi appena visto. Sulla pedana, intanto, Samuel si accasciò sulla nostra amata, stringendola a sé.

Continuando a camminare, lasciai la caverna e mi diressi giù per la montagna.

* * *

A METÀ STRADA, mi accorsi che mi tremavano le mani. Mi fermai e notai che il lupo era tranquillo. La bestia, invece, era incuriosita, vigile, in attesa. Cosa avevo appena visto?

Mia madre era stata una strega con un potere pari a quello di Yseult, ma anziché schiavizzare un licantropo, lei se ne era innamorata. Mio padre giacque con lei, che gli diede un figlio. Me. Ma il branco di mio padre non si era mai fidato di mia madre, una strega. Preoccupati che avrebbe potuto usare i legami del branco per i suoi scopi, il branco di mio padre le tagliò la gola. Mio padre mi tenne nascosto e soltanto molto tempo dopo mi presentò agli altri. Ma ormai era troppo tardi. Non ero soltanto un licantropo: ero un Berserker – frutto della magia. Il potere che mi scorreva dentro era una miscela di quello dei miei genitori. Insieme avevano creato un mostro.

Nonostante tutto il mio potere – la capacità di trasformarmi, di scatenare la furia, di collegarmi al mio Alpha e al branco – non avevo mai avuto una visione, prima. Una parte di quello che avevo visto era accaduta nel passato, ne ero sicuro. Alcune, invece, sarebbero accadute nel futuro. Ogni immagine sembrava un segno di ciò che stava per succedere, ma quando tutto sarebbe passato, cosa sarebbe successo?

Maledicendo gli Dei, scesi a piedi lungo il sentiero della montagna. Incapace di riuscire a spiegarla, la visione mi avrebbe soltanto tormentato. Per fortuna, però, avevo un prigioniero con cui sfogarmi.

* * *

W<small>ULFGAR MI INCONTRÒ</small> ai piedi della montagna. Il guerriero annusò l'aria, e un mezzo sorriso incrinò i suoi lineamenti brutali.

Odoravo di sesso.

Imprecando, mi diressi verso un ruscello per lavare via l'odore della mia amata. Wulfgar mi seguì, ridacchiando. «Com'è andata? Si è dimenata per prendere il plug?»

Volevo ringhiargli che la cosa non lo riguardava, ma notai il desiderio nei suoi occhi. Wulfgar era stato solo quanto Samuel. Ed era un guerriero fedele. Si meritava qualche dettaglio, anche se non così tanti da torturarlo.

«Non le è piaciuto.»

«No?»

«Lo ha gettato in piscina.»

La risata di Wulfgar riecheggiò per la montagna.

«Io e Fergus abbiamo scommesso su cosa sarebbe successo.» Il guerriero scosse la sua testa rasata. «Quel lupacchiotto rosso aveva ragione.»

Era inevitabile che il branco parlasse della nostra amata, ma la cosa non mi piaceva. Dopo aver immerso la testa sotto la cascata gelata, lasciai l'acqua. «Come sta il prigioniero?»

«È ancora intrappolato nella fossa. Ho una guardia che lo sorveglia.»

«Volevo dargli un'occhiata per assicurarmi che non muoia prima che possa darci delle risposte.»

Wulfgar annuì in segno di comprensione. Il branco di solito risparmiava la sua brutalità per il campo di battaglia, ma era passato molto tempo dall'ultima volta che una guerra li aveva intrattenuti.

Aumentai il passo, correndo attraverso la radura per raggiungere il punto in cui avevamo scavato la fossa. Wulfgar mi seguì.

«Le guardie hanno l'ordine di non interagire con il prigioniero.»

«Lui chi è?»

«Non ne ho idea. Ma è un gran lupo nero. Si è fatto dare una bella caccia prima che lo mettessimo all'angolo e lo portassimo qui.»

Irrompemmo nella radura in cui guerrieri giravano intorno alla fossa. A pochi metri di lontananza c'era un fuoco che bruciava, dal quale proveniva il profumo della carne arrostita, una tortura per un uomo intrappolato e affamato.

E tutte le guardie tranne una si fecero da parte: Siebold ci dava le spalle mentre urinava nell'enorme buco nero nella terra.

«Siebold»,abbaiò Wulfgar. «Sei fuori servizio.»

Il biondo gli lanciò uno sguardo di rabbia e sputò nella fossa prima di andare via.

Presi il posto di Siebold, scrutando quel profondo pozzo nero. Avevamo passato tre giorni a scavare e a rinforzare i lati scoscesi per creare una prigione capace di intrappolare un Berserker. Se, che fosse uomo o bestia, avesse cercato di arrampicarsi per fuggire, la fossa sarebbe collassata su se stessa e lo avrebbe sepolto nella sua stessa tomba.

«Luce.» Alzai una mano a quell'ordine, e Wulfgar mi porse una torcia accesa dal fuoco vicino. «Chi ha lanciato delle lance laggiù?»

Quando nessuno parlò, mi diedi la risposta da solo.

«Siebold deve averlo fatto quando sono andato via. Bullo col cervello di un coniglio…» Wulfgar sentenziò l'insulto con un enorme disdegno. «Ordinerò sia a lui che agli altri di stare lontani dalla fossa, qualunque cosa accada.»

«Pensi che sappia lanciarle così lontano?» gli chiesi ironico mentre gli riporgevo la torcia. Il prigioniero, intanto, era uscito dall'ombra per lasciarsi travolgere dal cerchio di luce.

«Meglio non rischiare. Non so di cosa è capace il guerriero, visto che è ancora in forma di lupo.»

Mentre lo osservavo, il lupo nero si trasformò in uomo. «Non più.»

Il guerriero aveva capelli neri e spalle possenti tatuate di blu. Avevo visto pochi guerrieri portare segni simili. Scosse la testa mentre si toglieva di dosso la magia della trasformazione. «È questo il tipo di benvenuto che ricevo dal branco dei Berserker?»

«Non siamo molto gentili con gli estranei che vengono sulla nostra montagna»dissi dall'alto.

Il guerriero fece un mezzo sorriso. Stava in piedi troppo presuntuosamente e orgogliosamente per essere un prigioniero in una fossa. «La vostra montagna? Pensavo che tutti i Berserker fossero stati trasformati da una strega nelle Terre del Nord. Da come parli sembri nato ad Alba.»

«Sono nato qui, sì.» Non mi dispiaceva dare dettagli a un uomo già morto. «Tu chi sei?»

«Mi chiamano Maddox. Vengo da un clan non lontano da qui.»

«Il branco Rosso?»

«No.»sorrise. «Anche noi siamo dei Berserker.»

Un brivido mi percorse la schiena. Oltre al nostro branco, non c'erano altri lupi Berserker. Mi presi un momento per comunicare la dichiarazione di Maddox a Samuel. Maddox mi guardò con mezzo sorriso sul volto, come se fosse a conoscenza del motivo della mia pausa.

Dice di essere un Berserker.

Impossibile. A meno che—

«Chi è il tuo Alpha?» chiesi al prigioniero.

«Ragnvald.»

Un nome nordico. Non c'era da meravigliarsi che questo Maddox conoscesse la nostra storia. Ragnvald era, molto probabilmente, un Vichingo Berserker, come Samuel,

Siebold e Wulfgar, e la maggior parte del branco – tranne me e Fergus.

«Chiedi a Sigmund se vuole parlarmi, adesso.»

«Non c'è nessun Sigmund qui», testai il lupo.

Maddox si lasciò sfuggire una grossa risata. «Sigmund era il nome di Samuel prima che prendesse i voti per seguire il Cristo Bianco. Il nome è rimasto, ma non si può dire lo stesso della sua fede.»

Lui sa, riferii a Samuel, sentendo dentro di me una punta di trepidazione.

Maddox sorrise mostrando tutti i denti. «Me lo ha detto Ragnvald.»

«Come fa questo Ragnvald a conoscere Samuel?»

«Perché Ragnvald è il figlio di Bodolf. E Bodolf era l'Alpha di Samuel, una volta.»

CAPITOLO 5

«*C*'è un altro branco di Berserker.»Feci irruzione nelle nostre camere: Samuel era seduto sulla pedana, con i gomiti sulle ginocchia e un'espressione pensierosa in volto. «Com'è possibile?»

L'Alpha si mise un dito sulle labbra e rivolse lo sguardo a Brenna. La nostra donna stava dormendo, sfinita dalle nostre prestazioni e dai suoi numerosi orgasmi, senza alcun dubbio.

«La strega ha trasformato diverse dozzine di noi», disse Samuel. «Bodolf è stato il capo fino a quando non siamo salpati dall'Est diretti verso quest'isola. Io ero alla guida di un contingente, Bodolf e suo figlio ne guidavano un altro. Non sapevo cosa gli era accaduto dopo. Pensavo fossero stati uccisi.»

«Ovviamente è stato ucciso soltanto Bodolf. Suo figlio è vivo, e desidera prendere dimora accanto a noi. Chissà quanti guerrieri guida.»

«Questo Maddox… è come te, Daegan? Sua madre era una strega? È così che ha ricevuto la magia Berserker?»

«Non lo so.»Immaginai il prigioniero tatuato che mi

sorrideva dalla fossa. Come Siebold, avrei voluto pisciargli in faccia. «Non è di Alba.»

Samuel si grattò il mento. «I tatuaggi che mi hai fatto vedere mi ricordano dei guerrieri che vengono da un'isola più ad est.»

«Tutto ciò che so è che è un Berserker. E che vuole parlare con te.»

Delle voci in corridoio ci interruppero.

«Sì?» chiese Samuel.

Fergus entrò con lo sguardo basso. La sua punizione era finita, perciò gli era stato concesso di tornare in forma di uomo, ma mantenne un'attenta riverenza nei confronti dell'Alpha. Si spostò da un piede all'altro.

«Rapporto», ordinai.

«Siamo stati convocati. Alla Cosa. Un messaggero mi ha incontrato mentre ero di pattuglia al confine.»

Un'altra visita in così poco tempo. Non mi piaceva.

«Chi?» chiese Samuel.

«Uno del Branco Rosso. Non ha voluto dirmi il suo nome, né avvicinarsi.»Fergus accennò un sorriso, anche se non alzò lo sguardo dalla pietra ai suoi piedi. Il più piccolo del nostro branco, era comunque più forte e più veloce della maggior parte degli altri licantropi. Era stato maltrattato così a lungo che gli faceva piacere essere in grado di intimidirne uno.

«Quando vorrebbe incontrarci, il Branco Rosso?»

«Non questa Luna piena, ma la prossima» disse Fergus, e Samuel lo congedò.

«Senza dubbio, il Branco Rosso vorrà che ci occupiamo dei nuovi Berserker.»

«Naturalmente, se decidessimo di combattere contro di loro, saremmo così alla pari che entrambi perderemo un gran numero di lupi.»

«Il Branco Rosso può solo sperare.»

«Quindi ci andrai?»

«No. Ci andrai tu.»

Mi irrigidii. «È saggio?»

«So che manterrai la calma.»Si alzò. «Vieni. Ho chiamato un guerriero per fare da guardia alla nostra amata. Parleremo a questo Maddox insieme.»

* * *

WULFGAR E FERGUS erano di guardia ai piedi della montagna.

«Immagino che il nostro branco sappia del nostro invito alla Cosa?»

Fergus ebbe la decenza di apparire imbarazzato.

Diedi una pacca sulla spalla al guerriero più piccolo. «Non essere triste. Avremo bisogno della tua lingua lunga per accompagnarmi alla Cosa.»

«Sei sicuro?» chiese Wulfgar, e lo sguardo che mi piantò addosso mi fece capire che non stava chiedendo se fosse saggio portarci Fergus, ma se dovessi andarci io.

«Me l'ha ordinato il mio Alpha. Il Branco Rosso non mi prenderà mai più alla sprovvista.»

La fronte di Wulfgar si corrugò. «Non mi preoccupa il fatto che tu debba guardarti le spalle. Mi chiedo se debbano guardarsi le loro.»

«Lo scopriremo, allora.» Gli rivolsi un sorriso a denti stretti. Avevo un conto in sospeso con il Branco Rosso. Tutti, compreso Wulfgar, lo sapevano. Ma i Rossi volevano la nostra presenza, e Samuel non credeva di poter rimanere equilibrato davanti a così tanti nemici, così sarei andato io. Potevamo soltanto sperare che almeno il mio controllo non venisse meno. La bestia adorava da morire la vendetta.

Raggiungemmo la fossa. Con un gesto, Samuel ci ordinò di stare indietro. Da solo, andò a scrutare l'uomo.

Mi avvicinai il più possibile senza infrangere l'ordine del

mio Alpha. Se l'incontro lo avesse fatto arrabbiare e la bestia di Samuel si fosse liberata, sarei stato abbastanza vicino da poter intervenire. O addirittura morire.

«Maddox. Sono Samuel, una volta Sigmund. Parla.»

«Alpha.»Il tono del prigioniero, almeno, era rispettoso. «Ragnvald, il figlio di Bodolf, manda i suoi saluti.»

«Non sentivo questo nome da moltissimo tempo. Mi chiedo perché lo stia sentendo di nuovo.»

«Ragnvald ti ha cercato in questi ultimi decenni. Sa che hai lasciato il branco di suo padre Bodolf, e hai rotto il legame con l'Alpha. Vorrebbe fare pace.»

«Mandandoti a sconfinare nella nostra terra?»

«Sono un Berserker. Non temo nessuno.»

«Forse dovresti, Maddox del clan di Ragnvald. Dimmi, da dove vieni?»

«Ériu», Maddox nominò un'isola a est della nostra. «Sono stato maledetto da una strega a portare in me la furia Berserker. Sono venuto per combattere per un re, e Ragnvald mi ha trovato. Mi ha insegnato a tenere a bada la mia bestia.»

«E che ne è di Ragnvald, ora? Lui la controlla la sua bestia, o è la bestia che controlla lui?»

Il silenzio di Maddox fu abbastanza eloquente.

«Quanto tempo fa Ragnvald ha perso il controllo?» La voce di Samuel era ingannevolmente gentile.

«Tre Lune. Da allora Ragnvald ha ripreso il controllo, ma—»

«Ma lo perderà di nuovo.È solo questione di tempo. Suo padre ha ceduto alla rabbia.»

«Ragnvald lo ha ucciso.»

«Mi chiedevo cosa fosse successo a Bodolf. Quindi ora —» Il tono di Samuel diventò più severo. «Sei venuto da me per pregarmi di salvare Ragnvald? Sapendo quanto sia pericoloso per un Alpha batterne un altro? Pensavi davvero che avrei rischiato la mia vita e la salute mentale del mio branco per un guerriero che ho abbandonato molto tempo fa?»

«Avevo sperato che lo ricordassi come un fratello…»

«No»disse Samuel, poi allungò la mano, facendomi un cenno. Mi avvicinai e rimasi in piedi accanto al mio Alpha, guardando il prigioniero con aria accigliata. «Daegan è mio fratello. Io e Ragnvald eravamo rivali, nel migliore dei casi. Sono sorpreso non te l'abbia detto.»

«Lo ha fatto.» Maddox rimase in piedi con la schiena dritta, le spalle tatuate come se stesse per battersi anziché guardare i suoi rapitori sul fondo di una fossa. «Speravo che i secoli ti avessero addolcito.»

«Sono un Berserker. Non diventiamo deboli.»

«La bestia rende deboli i più forti di noi. Io l'ho visto. Un grande guerriero, leader, amico… adesso è schiavizzato come un cane. Lo tengo incatenato in una caverna, lontano dal branco. Se uno di loro si allontanasse, o se lui si liberasse e venisse a prenderci, un solo collegamento ai suoi pensieri basterebbe a farci sprofondare tutti nella follia.»Un evidente dolore attraversò il volto di Maddox.

Non avevo bisogno di sentire i pensieri di Samuel per sapere cosa volesse fare il mio Alpha. Salvare Ragnvald lo avrebbe soddisfatto, se non altro perché il guerriero sarebbe stato in debito con lui. Oltre a quello, a Samuel faceva piacere custodire un collegamento col suo passato.E poi c'era quella parte di lui che voleva salvare la vita di un uomo solo per il gusto di salvarla.

Sentii Samuel irrigidirsi alle suppliche di Maddox. In quel momento, il mio Alpha avrebbe dato dimostrazione del perché era un vero leader.

«Mi dispiace»; disse Samuel. «Hai fatto una grande cosa per il tuo fratello guerriero.»

«Ma tu non mi aiuterai.»

«Non posso. Se vivrai abbastanza da sopravvivere a

Ragnvald, e diventerai Alpha, allora capirai. Non rischierò le vite di molti per la vita di uno.» Sia io che Samuel ci voltammo per allontanarci dalla fossa.

Maddox ci chiamò, con la voce tremante. «C'è un lupo nel nostro branco che sa leggere le rune. Ci ha detto che c'è una donna per noi.»

Interruppi i miei passi, e Samuel mi afferrò la spalla per impedirmi di correre indietro a chiedere a Maddox di dirmi di più.

Potrebbe essere Brenna la compagna di questi altri lupi?

No. Non può essere. Non lo permetteremo.

«So che avete un segreto» disse Maddox. «Sento il suo profumo su di voi.»

Il fastidio che provavo si tramutò in paura.

Controllati, mi ordinò Samuel. *Non sa chi è per noi.*

Con un cenno della mano, Samuel ordinò a tutti noi di allontanarci dalla fossa. Maddox, intanto, continuò ad urlare.

«So che non è soltanto una puttana che avete preso dal villaggio. Ragnvald l'ha sognata – la nostra *vala.* Dovete lasciarmi parlare con lei!

Samuel si voltò prima che potessi fermarlo, e corse indietro fino a barcollare sull'orlo della fossa. «L'unica cosa che devo fare è decidere se coprire o meno questa fossa con un masso. La pioggia sarà una benedizione, finché la fame non ti mangerà vivo. Fai silenzio, altrimenti ordinerò al branco di coprire questa fossa con una roccia, e non vedrai mai più la luce del Sole.»

Sentii la rabbia dell'Alpha crescere, la magia diffondersi così tanto da far tacere il suo lupo e ingoiare la sua umanità finché l'unica cosa rimasta non fu soltanto la bestia —

Samuel. Mi strozzai. *Dai a me la tua rabbia.*

L'Alpha ruggì.

Mi trasformai, e corsi, corsi, corsi. L'esplosione del potere di Samuel mi sopraffece e sentii il mio stesso lupo cambiare

– le unghie si allungarono, il corpo assunse un'altra forma – così non ero né uomo né lupo, ma qualcos'altro.

«Cos'è la bestia?» ci aveva chiesto Yseult una volta. «Uomo o lupo?»

«Nessuno dei due», le avevo risposto io, nello stesso momento in cui Samuel aveva detto «Entrambi. La concentrazione del lupo e la crudeltà dell'uomo.»

«Cosa nasce da tale unione?»

«*Ragnarok*.»Le rispose Samuel. «La fine dei mondi.»

La fine del mio mondo, pensai, prima che la bestia rivendicasse la mia mente.

CAPITOLO 6

Mi svegliai al centro di un cerchio di distruzione. Alberi e cespugli sradicati dal terreno. La terra squarciata nel punto in cui grandi artigli l'avevano lacerata. Le mie mani recavano tagli verticali, sporchi di sangue secco. La magia mi aveva guarito rapidamente, ma sentivo ancora i dolori.

Accanto a me giaceva la carcassa di un cervo, una potente creatura con un enorme palco di corna. Sarebbero servite almeno un centinaio di lance per abbatterlo. La testa era a diversi metri di distanza dal corpo. Le sue viscere si riversavano fuori dallo scheletro in un macabro banchetto per corvi.

Mi rimisi in piedi, allungando i muscoli doloranti. L'alce non era l'unica vittima: il terreno pullulava di carcasse di animali. Roditori, passeri, persino coleotteri, niente era sopravvissuto al vortice della furia Berserker. La terra puzzava di magia nera.

Almeno ero vivo. Una volta, Samuel mi aveva raccontato di un Berserker che, dopo una grande battaglia, si strappò il cuore. Altri si tagliarono le carni con dei coltelli. Io cos'altro avevo fatto?

Non riuscivo a vedere la montagna. Corsi per miglia, potendo seguire facilmente il percorso della bestia.

Mi diressi verso casa, ma i miei passi vacillarono. Quando venivamo sopraffatti dalla bestia, questa ci prendeva la vista, la percezione, la sanità mentale. La nostra donna non sarebbe mai sopravvissuta. La nostra unica speranza era quella di starle lontano; sarebbe stato meglio se non fossi mai tornato.

Non pensare cose simili, mi ordinò Samuel. *Torna a casa. Le manchi.*

Obbedii. Non sapevo come facesse Samuel ad essere così tranquillo. Per lui, Brenna rappresentava l'unica speranza per un uomo morente.

E il suo controllo doveva essere perfetto.

All'imbrunire, zoppicai su per la montagna. Samuel mi stava aspettando all'entrata della caverna.

«Quanto tempo sono stato via?»

«Tre giorni. Mi dispiace», disse lui, prima di andare via correndo. Avrebbe passato un giorno lontano... dalla montagna, in parte per penitenza, in parte per liberarsi dalla rabbia che gli ribolliva dentro nonostante ogni mio tentativo di alleviarne il peso.

Trovai Brenna in una stanza che le avevamo dato per stare da sola. Molto tempo prima, chiunque avesse scolpito gli alloggi nella pietra aveva astutamente trovato il modo di far entrare aria e luce dall'esterno. La cameretta di Brenna era illuminata dalla luce solare dalla tarda mattinata fino al pomeriggio. Tutto l'ambiente rimaneva caldo più degli altri, essendo adiacente alla caverna delle sorgenti calde.

I miei passi rimasero silenziosi sul pavimento di pietra. La nostra amata era china su un pezzo di terra che avevamo raccolto per lei, intenta a prendersi cura del suo piccolo giardino. Non avrei mai creduto che dei fiori potessero crescere in una caverna, ma probabilmente Brenna poteva farli nascere dalla pietra stessa.

«Ciao, piccola.»

Sussultò sentendo la mia voce, e lo fece di nuovo quando mi vide. Dovevo sembrare molto più malconcio di quanto mi sentissi, dato che si mise accanto a me e mi portò un braccio sulle sue spalle per guidarmi verso la camera da bagno. Lì, si lavò le mani prima di prendere le mie per portarmi in piscina.

Non mi resi conto di quanto mi martellasse la testa finché le sue dita non mi accarezzarono i capelli. Rimasi con gli occhi chiusi mentre lei insaponava un panno e lo strofinava delicatamente sui miei muscoli stanchi. Quando mi fece cenno di immergermi, io obbedii e uscii dall'acqua sentendomi un uomo completamente rinato.

«Brenna.»Volevo toccarla, ma sentivo di non meritarla. Le tesi le mani, chiedendomi come avrei potuto spiegare e quanto le avesse già detto Samuel.

Lei fece un passo verso di me, poi un altro. Realizzai che non aveva importanza. Anche se avevamo cercato di tenerlo segreto da lei, in qualche modo sapeva. Le sue mani afferrarono le mie.

Persi il controllo. La strinsi tra le mie braccia e lei me lo permise, col suo corpo morbido e flessibile. Le sue dita mi accarezzarono la mascella, ricordandomi di essere delicato con lei. Le mie, invece, si insinuarono tra i suoi capelli, portandole indietro la testa per baciarla. Rivendicai la sua bocca finché le sue guance non vennero graffiate dalla barba.

Dopo averla sollevata, mi diressi rapidamente verso le nostre camere. Quando la rabbia dei Berserker mi aveva preso, mi ero sdraiato sul freddo terreno della foresta. Volevo possederla nella morbidezza delle pellicce: i piaceri più semplici mi ricordavano della mia umanità.

Tra le sue braccia avrei ricordato chi ero. Avrei ricordato chi potevo ancora essere.

Una volta nei nostri alloggi, misi giù Brenna e la feci poggiare sulla pedana. Lei si stese volentieri e aprì le gambe.

Il vestito di Brenna era bagnato, così glielo tolsi di dosso. Il tessuto si strappò nella fretta. «Scusa, piccola. Te ne comprerò un altro. Te ne comprerò altri cento, così ne rimarranno un sacco quando te li strapperò uno per uno.»

Piegai la testa verso il suo seno. Il corpo della nostra amata si inarcò e agitò sotto la mia bocca vogliosa. Il suo respiro si fece più affannoso mentre le mie labbra scendevano più in basso, alla ricerca dei suoi punti più segreti per esplorarli con la lingua. I suoi dolci gemiti riempirono la stanza.

«Mi sei mancata, Brenna.» Le posai un bacio sulla caviglia, poi ne tracciai una scia fino a raggiungere il suo centro. Brenna giaceva inerme, già appagata da un orgasmo. «Ho bisogno di te. Voglio il tuo profumo addosso.» Strofinai il viso nelle sue pieghe segrete, tenendola giù dai fianchi mentre si dimenava per allontanarsi. «Un solo odore su di me e il branco saprà che sono tuo.» Il corpo di Brenna si agitò sotto di me, percorsa dal piacere dalla testa ai piedi. Si stava ancora contorcendo quando la voltai e la penetrai con il mio membro. «Non ne ho mai abbastanza. Mai, mai», ringhiai, muovendo i fianchi per entrare e uscire da lei. Era bagnata e pronta, il calore dei suoi umori che scorrevano a fiumi lungo il mio uccello. Scivolai fuori e feci una pausa prima di rigettarmi nelle sue profondità. Il suo corpo scivolò in avanti sulle pellicce. Ripetei il movimento altre tre volte prima che lei si sforzasse di mettersi su mani e ginocchia. Chiudendo le dita a pugno sulle pellicce, si spinse indietro contro di me. Andammo a ritmo. I nostri fianchi si scontravano e io sentii i testicoli stringersi a quel suono.

«Prenderai tutto ciò che ti darò.»Spingendo il mio corpo

in avanti, la obbligai a stendersi sulle pellicce. Lei rimase immobile quando la mia bocca trovò il tenero punto tra collo e spalla.

Marchiala, ringhiò il mio lupo. *Rivendicala. La nostra compagna.* La mia testa scoppiava dal dolore per combattere il desiderio di morderla.

Brenna si rannicchiò sotto di me, la testa piegata in avanti in segno di resa. Mi venne l'acquolina in bocca alla vista di lei, della cascata di capelli scuri, delle sue spalle vellutate.

«No» sbottai, e mi rimisi in piedi. Brenna mi guardò preoccupata.

Percepii la presenza di Samuel dietro di me.

«Hai tutto sotto controllo?»

Imprecando, mi alzai. Il mio uccello era dolorosamente duro. Avrei preferito squarciarmi il petto piuttosto che negarmi in quel modo.

«Vai» disse Samuel. «Riprendi il controllo della bestia.»

«Questa non è la bestia» ansimai. «Il lupo vuole marchiarla.» Realizzai che stavamo parlando ad alta voce e mi coprii immediatamente la bocca con la mano.

Cosa stava accadendo? La sua presenza ripristinava e, allo stesso tempo, ci sottraeva tutto il nostro controllo. Sarebbe mai stato sicuro giacere di nuovo con lei?

Brenna si sedette a guardarci, completamente nuda tranne che per la cascata dei suoi lunghi capelli scuri. Poi si alzò e si diresse verso di noi.

«No.»Alzai una mano per bloccarla. Ignorando il cenno, si strinse contro il mio corpo. Quella volta, fu la sua bocca a toccare la mia e a tracciare una scia di baci su collo e petto. Strinsi i pugni percependo l'eccitazione farsi di nuovo strada dentro di me. I suoi denti mi solleticarono la clavicola. Inspirai forte. Più di ogni altra cosa, volevo che mi mordesse, che mi rivendicasse. Un morso d'accoppiamento da un'umana. Cosa avrebbe significato?

Mi baciò lungo tutto il corpo, poi si inginocchiò. Quando si avvicinò all'inguine, le mie dita le si infilarono tra i capelli spessi.

Samuel cominciò ad avanzare, e io ringhiai senza togliere gli occhi da Brenna.Si era inginocchiata davanti a me, la testa all'indietro e la gola esposta, nulla se non desiderio nei suoi occhi.

Le mie dita allentarono la presa dei suoi capelli, abbastanza da permetterle di chinarsi in avanti per prendere tra le labbra il mio membro. Tenni la mano sulla sua testa, ma la lasciai muoversi liberamente, leccando su e giù la mia asta prima di prenderla tutta in bocca.

Quasi mi cedettero le ginocchia. Tirai indietro la testa di Brenna e usai i suoi capelli per tirarla in piedi. Samuel si avvicinò a lei per tenerla in equilibrio mentre la sollevavo per sistemarla sul mio uccello. Le sue braccia si strinsero sulle mie spalle intanto che le muovevo i fianchi su e giù, spingendo la mia asta sempre più in profondità. Samuel si spinse più vicino. I suoi occhi incontrarono i miei.

Puoi possederla da dietro.

Samuel annuì.

Adesso, fratello....

Il suo dito scivolò nello stretto canale posteriore della nostra amata. Tra il mio uccello e l'intruso nel suo buco vergine, lei cominciò a dimenarsi selvaggiamente. Le sue unghie mi artigliarono la schiena mentre l'orgasmo la possedeva completamente.

Venni con un ruggito. Finii in ginocchio, con il corpo di Brenna che tremava ancora mentre la accarezzavo.

Samuel era in piedi, e si puliva la mano su uno straccio mentre gli era apparso sul volto un sorriso compiaciuto.

* * *

Durante i pochi giorni e notti seguenti, scopavo e dormivo, mi risvegliavo tra le braccia di Brenna e ricominciavo tutto daccapo. Samuel ci portava del cibo e ci guardava, ma non provava piacere. Non c'era pericolo che perdesse il controllo in preda alla passione, ma quello era il suo modo di far penitenza.

Quanto a me, trovai la mia assoluzione tra le braccia di Brenna. Quando una notte lasciai la caverna, provai pace dove prima c'era stata soltanto furia.

La Luna brillava alta nel cielo mentre lasciavo le nostre camere e la nostra amata addormentata tra le pellicce.

Trovai Samuel nei pressi della fossa del prigioniero. Su suo ordine, il branco aveva spento il falò. L'Alpha era accovacciato vicino ai resti carbonizzati. Si alzò quando mi vide, e fece un cenno per dirmi di tenerci lontani dalla fossa: se Maddox ci aveva sentiti, non gridò né implorò pietà. Mi chiesi se qualcuno si fosse preoccupato di nutrirlo.

In silenzio, io e Samuel ci arrampicammo su per la montagna fino ad affacciarci sulla valle bagnata dalla luce argentea della luna. L'Alpha congedò la vedetta e aspettò che il guerriero non fosse più a portata d'orecchio prima di prendere il suo posto sulla roccia da guardia. Anch'io mi appoggiai ad essa.

Samuel fu il primo a rompere il silenzio. «Ricordi il giorno in cui la strega ci ha detto che c'era una donna per noi?»

«Sì.» Lasciai cadere la mia testa all'indietro contro la pietra. Samuel era stato a malapena umano, il suo controllo era ridotto a un filo sottile. Incapace di trasformarsi in lupo per suo volere – un fatto che avevo tenuto nascosto al resto del branco. Un'altra Luna e avrei fatto cadere Samuel nella fossa, imprigionando la minaccia che rappresentava, un po' come aveva fatto Maddox quando aveva incatenato il suo Alpha.

«Yseult era così compiaciuta. Riuscivo a malapena a credere che stesse dicendo la verità.»

«E poi ti sei ricordato del villaggio che avevi attraversato. Una donna dai capelli scuri, alta e bella, che indossava una sciarpa attorno al collo.» Mi allontanai dalla roccia per guardare Samuel. «Mi hai detto di averla seguita, quella sera. Era andata nella foresta, dove si era spogliata e aveva fatto il bagno in segreto. Ed era stato lì che avevi visto le sue cicatrici.»

«Era ipnotizzante. Senza paura. Ero stato sul punto di possederla lì.»

«Ricordo di averti preso in giro, chiedendoti perché ti fossi fermato.»

C'era abbastanza luce lunare per rivelare il sorriso che incurvava la bocca di Samuel. «Mi hai chiesto se avessi fatto un voto di castità.»

«Beh, eri un monaco.»

«Non più. Non so se ho spiegato bene perché l'ho lasciata, allora, ma avevo capito istantaneamente che era la donna di cui avevano parlato le rune. Quando ho visto Brenna per la prima volta...»

Fece una pausa e io attesi il resto.

«Non riuscivo a toglierle gli occhi di dosso» sussurrò. «Non sapevo chi fosse, o se fosse destinata a noi, ma ho sentito qualcosa. Una connessione, una venerazione. Non avevo mai adorato qualcosa davvero fino a quel momento.»

«Perché mi stai dicendo queste cose?» gli chiesi, anche se potevo indovinare.

«Pensi che abbiamo scelto male? Forse le rune—»

«No. Gli Dei ci stanno facendo uno scherzo, dandoci una donna che non possiamo avere.» Mi arrampicai accanto a Samuel, in modo che il mondo illuminato dalla Luna fosse ai miei piedi come era ai suoi. «Non mi arrendo. Troveremo un modo per tenerla con noi. Dobbiamo.»

Samuel sospirò e annuì.

Restammo lì a lungo, in attesa del primo scorcio di luce rossa ai confini del mondo. Quando arrivò, sbattei le palpebre come un uomo sveglio per la prima volta. «Dobbiamo tornare indietro. Non dovrebbe svegliarsi da sola.»

Samuel fece strada, ma prima che potessimo vedere il falò del branco, si fermò.

«Quando la mia bestia mi sovrasterà, porta la nostra donna dalle sue sorelle. Dai alla più grande tutti i soldi che abbiamo e chiedi a tutte loro di portare Brenna lontano, lontanissimo, in un posto che non possiamo raggiungere.»

Rabbrividii. Non aveva detto *se*, ma *quando*. «Samuel—»

«Promettimelo, fratello…»

«Tu non sai—»

Promettimelo, ruggì Samuel nella mia mente.

Chinai la testa. «Prometto» dissi alla fine. «Aiuterò Brenna a scappare. Ma cercherò la nostra vera compagna. E la troverò, e la porterò qui. E lei, finalmente, ci darà la pace.»

Samuel annuì. «Molto bene.»Era un bel sogno a cui aggrapparsi, anche se probabilmente non si sarebbe avverato. «Ho deciso cosa fare con il prigioniero.» La sua espressione mi fece capire che si rammaricava di quello che stava per dirmi.

«È l'unica scelta» dissi. «Non possiamo rischiare che racconti di Brenna al suo Alpha.»

«Sarà lento. La pioggia lo terrà vivo per un po'. Ma non ha carne da mangiare, oltre la sua.»

«Possiamo provare a infilzarlo con una lancia, come ha provato a fare Siebold. Forse io avrò una mira migliore. O possiamo aspettare che si indebolisca, così da tirarlo su e ucciderlo.»

«No.» disse Samuel. «Lo lasceremo morire.»

Quando l'Alpha sparì nella caverna, mi avvicinai al

branco per comunicare la notizia. Diedi ordine di lasciar soccombere il prigioniero alla fame. Fergus si illuminò.

«Posso guardare?»

«No. Samuel vuole dare al lupo la sua dignità. Metti una guardia intorno al perimetro ma digli di tenere le distanze.»Non mi lasciai sfuggire la mia disapprovazione rispetto a questa cortesia.

«Per quanto tempo?» chiese Wulfgar.

«Fino alla prossima Luna piena.»La forza Berserker avrebbe tenuto in vita Maddox più a lungo di un comune uomo. «Per la riunione della Cosa, dovrebbe essere già morto di fame.»

«Possiamo riempire il buco di terra, abbandonandolo alla sua tomba» disse Fergus. «Non è una fortuna che la fossa fosse abbastanza profonda da tenere imprigionato un Berserker?»

«Non è stata fortuna» sbuffò Wulfgar. «Abbiamo scavato quella fossa non appena abbiamo rivendicato la montagna.»

«Per gli intrusi?» chiese Fergus.

«No», esordii io. «L'abbiamo scavata per imprigionare Samuel.»

CAPITOLO 7

Il tempo sembrava scorrere sempre più velocemente verso la Luna piena. Come avevo promesso, ero andato a fare un'incursione con alcuni guerrieri ed ero tornato con tre bauli pieni di cose belle per Brenna. Oltre alla sua collana d'argento, le misi un ciondolo di rubino al collo, e fasce d'argento attorno ai polsi. Poteva a malapena muoversi che il metallo cominciava a suonare dolci melodie. Tuttavia, preferiva i vestiti ai gioielli. Io e Samuel la preferivamo nuda, invece, tranne che per la collana.

Mentre la Luna si gonfiava nel Cielo, l'ardore di Brenna sembrava aumentare per eguagliare il nostro. Il prigioniero nella fossa, la lotta di Samuel con la sua bestia, e persino il resto del branco svanirono davanti alla nostra lussuria.

Anche Samuel si mostrò riluttante a lasciare i nostri alloggi, sebbene fosse stato irremovibile sul fatto che dovevamo continuare a portare Brenna davanti al branco per addestrarla ad essere nostra consorte. Se doveva rimanere con noi a lungo termine, doveva abituarsi a stare con i lupi, e loro con lei.

Un giorno tornai dalla caccia ed entrai nei nostri alloggi

in forma di lupo. Samuel si alzò dalla pedana, dove stava leggendo uno dei suoi preziosi libri alla nostra amata.

Cominciai ad arrampicarmi accanto a loro, quando Brenna agitò le mani, corrugando il naso.

«Puzzi» spiegò Samuel.

Rimanendo seduto sulle mie ginocchia, rivolsi ad entrambi uno sguardo mesto.

«Terrà il broncio per tutto il giorno se ti lascio salire qui. O peggio, ci manderà via e si consumerà le mani a lavare le pellicce. Non ho mai conosciuto una donna così ossessionata dalla pulizia.»

Brenna incrociò le mani sul petto e ci guardò accigliata.

Samuel sorrise, divertito da quella reazione. Segretamente, eravamo contenti che la nostra donna si fosse abituata alla nostra forma di lupo. La prima volta che ci aveva visti trasformarci, aveva cercato di saltare giù dalla montagna.

Con la lingua penzoloni fuori dalla bocca, misi una zampa sul letto e le rivolsi il mio miglior sorriso canino.

Brenna scese dalla pedana per scacciarmi. Con una mano a tapparle il naso, mi indicò la porta con l'altra.

«Così, piccola» ridacchiò Samuel tornando al suo libro. «Non lasciarlo tornare finché non gli hai dato una bella pulita.»

Mostrai una feroce collezione di denti in direzione di Samuel prima di seguire Brenna fuori dalla stanza.

Mi portò nella caverna delle sorgenti, sollevando il suo vestito quando le toccai giocosamente le caviglie. Come al solito, era rimasta posata e aggraziata, preparando del sapone e un panno per lavarmi, nonché uno più grande per asciugarmi. Giocai nell'acqua, fingendo di ignorarla. Lei, intanto, mi aspettava seduta al bordo della piscina.

Quando le nuotai vicino e abbaiai un invito a raggiungermi, lei scosse la testa. Non la biasimavo: preferiva lavare un uomo piuttosto che un peloso animale gigante che cercava di leccarle il viso e mangiare il sapone.

Ma ciò non significava che non mi sarei divertito un po'.

Aspettai che non mi guardasse, poi cominciai a schizzarla dalla piscina. Brenna alzò le mani per difendersi miseramente mentre le gettavo l'acqua addosso.

Lei trattenne un sorriso mentre mi agitava il dito contro, a mo' di finta minaccia. Prima che potessi trasformarmi in uomo e portarla in acqua, lei scattò in piedi e fuggì.

Sempre pronto ad un bell'inseguimento, le corsi dietro verso il corridoio. Lei si voltò, con un'espressione di pura allegria in viso, e corse dritta tra le braccia di Siebold.

Immediatamente, lei fece per indietreggiare ma il guerriero biondo la teneva già stretta. Mi precipitai verso di loro, ringhiando, e Siebold la lasciò per affrontarmi. Roteò in alto la sua arma.

«Fermati, lupo, o ti sbudello.»

La testa di Siebold scattò di lato quando Brenna gli sferrò un pugno. Lui la fissò incredulo e lei ricambiò lo sguardo, quasi cadendo quando la spinsi da parte. Il mio lupo ringhiò, mentre sentivo le mie viscere agitarsi. Se fossi stato in forma umana, l'avrei avvertita di guardare in basso o allontanarsi. Nei suoi occhi brillava chiaramente la sfida e Siebold, bullo che era, si fece avanti per affrontarla.

Samuel, lo chiamai, disperato.

«Siebold», ruggì l'Alpha, e le teste di tutti si abbassarono per evitare la sua furia.

Siebold indietreggiò verso l'entrata della caverna.

«Ha incontrato il mio sguardo» ringhiò Siebold. «Deve essere punita.»

Spinsi Brenna verso gli alloggi rimanendo in forma di lupo. Lei affondò le mani nella mia pelliccia bagnata per evitare di cadere. Lasciammo l'Alpha a occuparsi del guerriero.

Non appena entrammo nella camera, mi trasformai.

«Brenna, cosa pensavi di fare? Attaccare un guerriero nel fiore degli anni?»La paura mi rese arrabbiato. La vista di lei che colpiva Siebold, un guerriero molto più alto e robusto di lei, mi fece stare male. «Conosci le regole del branco – non puoi lottare per il dominio. Vedi un guerriero, ti metti a correre. O rimani dietro di me.»

Avanzai verso di lei, che indietreggiò verso la pedana. «Peggio ancora, sai bene che Samuel sta per cedere. Ora deve calmare il peggior bullo di tutto il branco, che tra l'altro chiede che tu sia punita, Brenna. E noi dobbiamo farlo, o rischieremo di liberare la bestia.»

Allungando la mano, l'afferrai per il collo, così da fermare la sua ritirata. Il solo toccarla mi calmava. Le accarezzai la guancia con il pollice, dolcemente. «So che Siebold è un prepotente. Ma non si ottiene nulla di buono con l'attaccarlo. E io so badare a me stesso. Puoi fidarti di me, ti difendo io.»

Lei annuì e io la lasciai.

Mi collegai a Samuel. *Qual è il danno?*

Silenzio tombale da parte dell'Alpha. Qualsiasi cosa stesse accadendo con Siebold, richiedeva la sua completa attenzione.

Quello non fece altro che mettermi in allarme.

Brenna posò una mano sul mio petto nudo, con la preoccupazione dipinta sul volto.

«Hai infranto le regole, Brenna. Temo che tu debba essere punita.»

Vedendo la tacita accettazione sul suo volto, la mia rabbia si alleviò e sparì. Avrei voluto sculacciarla e punirla, ma non era il momento. Aveva bisogno di sentirsi al sicuro.

La tirai tra le mie braccia.

«Mi dispiace, piccola. Manterrò la calma. Mi preoccupo per Samuel, sai?»

Lei annuì.

«Stupido bullo. Siebold ha proprio bisogno di una bella bastonata. Sarei felice se fossi tu a dargliela, se questo non rappresentasse un pericolo. Andrà tutto bene. Samuel si occuperà di lui, poi ti sculacceremo e sarà tutto finito.»

Si rilassò contro il mio petto, e io mi sentii felice che non fosse spaventata della nostra disciplina. Infatti, dall'odore del suo calore dopo che le arrossavamo il sedere, sembrava piacerle. E ci assicuravamo sempre che la sua punizione avesse un lieto fine.

Sospirai. «Mi scuso per averti urlato contro. Che giornata…»

Lei mi strinse più forte e io giocherellai con i suoi capelli, ricordandomi che le avevo schizzato l'acqua addosso.«Ci stavamo divertendo però, non è vero?»

Lei nascose un mezzo sorriso contro il mio petto.

Cercai di mettermi in contatto con Samuel, ma non sentivo nulla. Probabilmente un brutto segno.

Quando guardai in basso, Brenna mi stava studiando.

«Hai fame?»

Lei scosse la testa. Allontanandosi da me, si tolse il vestito, poi si avvicinò alla pedana e si inginocchiò con il sedere rivolto verso di me.

Il mio membro si indurì. Mi avvicinai a lei e poggiai una mano sulla sua schiena. «Lo vuoi? Vuoi che ti sculacci?»

Le scrollò le spalle poi, con lo sguardo basso, annuì.

«Ti sei pentita per quello che hai fatto al povero Siebold?» la provocai, prendendomi uno sguardo disgustato da parte sua. Ridacchiai. «Scherzo, ma non è divertente. Siebold è una bestia cattiva. Vorrà che tu venga punita. Perciò tocca a me prendermela col tuo culo.»

Abbassando la fronte sulle pellicce, Brenna ondeggiò il suo sedere davanti a me. Le diedi un forte schiaffo.

«Ti piace così tanto la tua punizione che ormai la chiedi?»Le mie dita cercarono le sue pieghe e scivolarono sui punti che le regalavano il piacere più intenso. Aspettai che il suo corpo si agitasse, penetrandola con le dita per poi smettere e colpirla di nuovo. «Ecco, ragazza: hai bisogno di una mano ferma per rimetterti in riga e che poi ti dia piacere.» Continuai, alternando schiaffi sul sedere e delicate carezze, godendomi il sussulto della sua tenera carne in seguito alle mie sculacciate e i suoi sussulti e l'ansimare quando l'accarezzavo.

«Ti piace questo, Brenna?»

Seppellì il viso nelle pellicce. Mi fermai e le tirai indietro la testa afferrandole i capelli. Le sue guance erano dipinte da un'adorabile sfumatura rosa.

«Alzati.» Le strattonai i capelli finché non si mise in piedi davanti a me, fremente dal bisogno. Le presi il mento tra le dita. «Non penso che questa sia ancora una punizione, per te, vero?»

Lei scosse la testa, le labbra incurvate in un sorriso appena accennato.

«Se vuoi una sculacciata, devi pregarmi. Mostrami che vuoi soddisfarmi, piccola.»

La sua mano mi afferrò l'uccello.

Io annuii, con il cuore che saltava dalla gioia, nonostante mantenni un'espressione cupa. «Così, da brava.»

Si inginocchiò. Prima giocherellò con il mio membro, leccando e baciando l'asta mentre le sue dita affusolate mi massaggiavano i testicoli.

Dopo un minuto, le afferrai una manciata di capelli e la scossi in modo che incontrasse il mio sguardo. «Non è il momento di provocarmi. Sei la mia donna, e ti insegnerò a comportarti bene, così sarai al sicuro.»

Con gli occhi spalancati, non si tirò indietro. Invece, mi lasciò penetrare la sua bocca, il mio membro che scivolava al suo interno e poi fuori con spinte vigorose.

La mia mano le strinse più forte i capelli e lei si lasciò

scappare un gemito, mandando deliziose vibrazioni attraverso il mio corpo.

«Brenna»,sussultai. Sapeva che ero estasiato. Avrebbe potuto mettermi in ginocchio tanto facilmente quanto io potevo ordinarle di fare lo stesso.

Mi sfilai dalla sua bocca nel momento esatto in cui il mio sperma eruttava dal mio uccello, dipingendole viso e petto con copiosi spruzzi. Lei chiuse gli occhi e alzò la testa, accettando il mio seme.

«Oh, tesoro. Ti sei guadagnata la tua sculacciata, e anche il tuo premio.»

* * *

SAMUEL CI TROVÒ INTRECCIATI INSIEME. Mi ero passato il tempo a sculacciarla e penetrarla con ledita finché il suo culo non era diventato rosso ciliegia e le sue labbra vaginali non si erano gonfiate leggermente a causa del tocco. Avevo poi infilato un dito nel suo ano prima di farla venire. Poi le avevo le braccia dietro la schiena, mi ero steso e l'avevo saltare su e giù sul mio uccello, schiaffeggiandole i seni fino a farli diventare rosa. La sua vagina si era contratta ad ogni schiaffo giocoso. Nel momento in cui Samuel entrò nella stanza, lei era già venuta una dozzina di volte, io invece soltanto due. La cullai tra le mie braccia quando cadde nel sonno, baciandole il seno per alleviare il dolore che io stesso avevo causato. Brenna dormiva con un sorriso stampato sul volto.

Il profumo del nostro accoppiamento aveva reso l'aria spessa. Samuel entrò e sospirò.

«Vedo che hai trovato un modo per tenerti occupato mentre ero via.»

Feci roteare la lingua intorno a uno dei capezzoli rossi di Brenna. «Sì. Ho pensato fosse meglio occuparmi di lei, nel caso Siebold chiedesse una punizione e il branco lo appoggiasse.» Feci un cenno del capo verso il sedere arrossato di Brenna.

«Ho paura che non sarà così facile.»Samuel si sedette sulla pedana, accarezzando la gamba liscia di Brenna mentre riprendeva fiato per parlare di nuovo. «Siebold è furioso. Vuole una punizione pubblica.»

Alzai la testa. «Non decide lui! Lei è nostra. Noi la discipliniamo dove ci pare.»

«Se Brenna ha fatto quello che Siebold afferma, penso sia una buona idea.»

Ringhiai. Brenna si svegliò di scatto, e io poggiai una mano sulla sua guancia per stringerla al mio petto finché i suoi occhi non si chiusero di nuovo.

«Cos'è successo nel corridoio?» chiese Samuel. «Mostramelo.»

Gli inviai la scena che ricordavo attraverso il nostro legame.

Samuel grugnì quando si accorse di come Brenna aveva sfidato l'enorme guerriero. «Speravo che Siebold stesse mentendo.»

«Cosa stava facendo Siebold nella nostra parte di caverna?»

«Era venuto per dare notizie della pattuglia. Aveva sentito degli sguazzi e ha pensato fossi lì»

Sbuffai per esprimere la mia incredulità. «Era in agguato, stava cercando di cominciare una rissa!»

«Anche se fosse, Brenna ha peggiorato le cose con le sue azioni.»

«Voleva solo difendermi.»

«Sì, e tu puoi difenderti da solo. Se avesse indietreggiato, tu avresti potuto frapporti tra lei e Siebold, chiamarmi o trasformarti per chiedergli di andarsene. E sarebbe finito tutto. Adesso sta dicendo a tutto il branco di come è stato sfidato dalla donna.»

«Vuole che siano tutti d'accordo con lui così da poter forzare la mano. Vuole che venga punita pubblicamente, come una del branco.» Scossi la testa disgustato dalle azioni del bullo.

«E dovrebbe, in effetti. Se una lupa si fosse comportata come ha fatto lei, l'avresti trascinata davanti al falò e sculacciata davanti all'intero branco. Dopo avresti continuato la lezione in privato.»

«Brenna non è una lupa.»

«No, ma vogliamo che prenda il suo posto nel branco. O è nostra, oppure non lo è.»

Rimasi fermo per un attimo per ascoltare il mio lupo, ma non parlò. Le sfide e le lotte con i rivali erano un modo in cui un lupo trovava il suo posto nel branco. La punizione ufficiale, invece, era un metodo del branco per proteggere i deboli dai più forti, un modo per limitare alcuni giochi di dominio che avrebbero potuto lasciare storpiati alcuni lupi. Un membro del branco ovviamente più debole – come Brenna – avrebbe potuto sottoporsi alla punizione pubblica per placare il bisogno di una dimostrazione di sottomissione.

Finché la lezione non avrebbe causato nessun danno grave alla nostra amata, il lupo non avrebbe protestato. Il branco invece sì, però, se non avessimo fatto di lei un esempio sulle conseguenze dello sfidare Siebold. Se ci fossimo rifiutati, avrebbero potuto chiedere fosse proprio Siebold a picchiarla.

Il mio lupo ringhiò a quel pensiero. *Nessuno tocca la nostra compagna tranne noi.*

Non è la nostra compagna, ricordai al lupo. Brenna si mosse tra le mie braccia e io dimenticai quel ragionamento. Liquidi occhi marroni ressero il mio sguardo. Avevo la sensazione che avesse finto di dormire per tutto il tempo, per farci parlare senza mezzi termini.

Inclinandola per guardarla in volto, anch'io mantenni il

suo sguardo. «Sai cosa hai fatto a Siebold e perché ne devi rispondere?»

Lei deglutì e annuì.

«Apprezzo che tu abbia cercato di difendermi, piccola, ma avresti potuto essere uccisa, tenendo testa a un lupo come quello. Sei dominante solo se sei abbastanza forte da mettere tutti al proprio posto. Se Siebold ti avesse presa da sola—»

La strinsi più vicino, rabbrividendo al pensiero di cosa avrebbe potuto fare quel sadico guerriero solo per provare la sua dominanza. «Una punizione pubblica potrebbe essere la cosa migliore.»

Samuel si sporse in avanti e prese il mento di Brenna tra le dita. «Sarai punita, e poi sarà tutto finito. Il branco ti vedrà sottometterti a noi, e alla gerarchia. Questo li aiuterà ad accettarti.»

Arrossendo, Brenna calò lo sguardo.

«Se vivi con noi, vivi secondo le nostre regole. Prima imparerai, più sarà facile la vita.»

CAPITOLO 8

*L*a giornata della punizione di Brenna cominciò con me tra le sue gambe, intento a stimolare le sue pieghe gonfie finché il suo miele non mi ricoprì le dita. Gliela leccai, portandola sull'orlo dell'estasi più e più volte, senza lasciargliela raggiungere. Il piacere che le ovattava i sensi avrebbe reso il dolore più facile da sopportare.

Samuel entrò nella camera. «È ora.»

Quando uscimmo fuori dalla caverna, l'intero branco si era raccolto lì davanti per assistere. Quasi quaranta lupi sedevano nella radura, sdraiati contro le rocce o accovacciati vicino al fuoco. Quelli in forma umana tenevano armi tra le mani. Nessuno tolse gli occhi di dosso alla nostra donna.

«Vieni, Brenna» le ordinai. La nostra amata esitò, ma poi entrò coraggiosamente nella radura. Indossava un semplice abito bianco e la sua collana d'argento. Aveva fatto le trecce ai capelli ed era a piedi nudi.

I lupi la fissavano con i loro occhi dorati che brillavano predatori nella luce del mattino. La testa di lei iniziò a sollevarsi per osservare il suo pubblico. Gliel'abbassai rapidamente. «Occhi.»

La sentii emettere uno sbuffo frustrato prima di obbedirmi.

Avevamo attraversato metà della radura prima che Siebold si mettesse sulla nostra strada.

«Vedi quanto è insolente? La vostra donna è indisciplinata. Non conosce qual è il suo posto nel branco.»Il Vichingo si voltò verso Samuel, che sedeva all'estremità della radura sulla grande pietra che usava come trono. «Un Alpha che non riesce a controllare una sola donna è debole.»

Samuel si alzò e si stiracchiò, ruotando il collo e scrocchiandosi le ossa. I muscoli delle spalle si contrassero. Finì gettando indietro la sua criniera dorata. Sembrava qualsiasi cosa, tranne che debole. Aveva ignorato il guerriero bellicoso. Ogni parola, ogni movimento erano stati attuati come un rituale, una danza. Una dimostrazione del potere di Samuel.

«È vero, Daegan? La nostra donna ha sfidato Siebold per il dominio? Anche se è più debole di lui e non sarebbe sopravvissuta a un combattimento leale?»

«Lo ha guardato negli occhi, Alpha, e lo ha colpito.»Feci un mezzo sorriso. Siebold non poteva di certo essere oroglioso di aver preso un colpo da un avversario così debole. Ovviamente, a quelle parole lui arrossì e digrignò i denti infastidito.

«Mi ha sfidato. Fatela combattere o sottoponetela a una punizione ufficiale.»

Samuel fece un cenno e Siebold si mise da parte. Portai Brenna accanto all'Alpha, che si avvolse la sua treccia attorno al polso, mettendola al guinzaglio. «Piccolo tesoro, la più debole del branco.»

«Conosce le regole» mormorò Siebold. «Ha oltrepassato il limite.»

«Forse. O forse sapeva che l'avremmo protetta.»Samuel fissò il vichingo. «Sfidare lei significa sfidare noi.»

«Proprio così, Siebold» lo schernii. «Vuoi andare nella fossa e combattere contro di lui?»

«Se vincerai, sarai tu l'Alpha.»Samuel aveva pianificato tutto in anticipo: se Siebold aveva cercato una scusa per mettersi a capo del branco, voleva saperlo. Avremmo fatto in modo che Siebold lo ammettesse.

Per alcuni e tesi secondi, sembrò che Siebold volesse sfidare l'Alpha, ma poi il bullo fece marcia indietro. «Non voglio diventare Alpha», sogghignò. L'intero branco poteva percepire la menzogna dall'odore che emanava. «Ma le regole sono regole. E se non potete controllare la vostra donna e domarla come si deve, forse dovreste darla a me.»

Il ruggito di Samuel interruppe il mio ringhio. «Pensa attentamente prima di sfidarci per la nostra donna. Per diventare Alpha, dovresti sfidare soltanto me. Per prenderti lei, devi sconfiggere sia me che Daegan.»

«E me», aggiunse Wulfgar, al quale fece eco Fergus. Il piccolo lupo non era più in alto di Siebold nella gerarchia, ma aveva fatto capire che avrebbe combattuto lo stesso per la nostra donna.

«Ritirati, vichingo» ordinò Wulfgar.

Lo sguardo di Siebold si rivolse verso terra, e per un attimo pensai che il piano di Samuel avesse funzionato. Avevamo placato quello stupido guerriero. Una veloce punizione per la nostra donna e sarebbe andato tutto bene.

Avrei dovuto saperlo, però. Mentre Siebold si allontanò, disse: «La prossima volta che consegneremo della carne alle sue sorelle, magari ne assaggerò una.»

La testa di Brenna si alzò di scatto e volò in direzione del vichingo prima che io o Samuel potessimo fermarla.

«Brenna!»la mia voce si incrinò attraverso la radura, ma era troppo tardi. Afferrò un bastone, uno spesso ramo d'albero che giaceva accanto al falò per accenderlo, e si diresse verso Siebold.

Lo shock lo fece fermare e salvò la vita di Brenna. Il grande biondo si piegò e ringhiò, con il lupo che si stava impadronendo di lui.

Finì tutto in un lampo, ma non avrei mai dimenticato la vista agghiacciante della mia compagna che affrontava l'enorme animale dorato con nient'altro che la sua rabbia e un bastone.

La mano di Wulfgar si aggrappò alla collottola di Siebold e lo trascinò indietro. Io presi Brenna e la spostai al mio fianco.

«Inginocchiati» le ordinai furioso, obbligandola a obbedire all'ordine. Tenni una mano sulla sua testa, per ricordarle di abbassare lo sguardo. Potevo soltanto immaginare la sua espressione furiosa, ma rimase giù in una parvenza di sottomissione, almeno. Sperai fosse abbastanza per placare il branco.

I guerrieri aspettavano di vedere cosa avrebbe fatto il loro Alpha. Una disobbedienza simile non poteva rimanere impunita. Le regole erano state stabilite per evitare che i Berserker si fossero sbranati l'uno con l'altro.

Imprecai sottovoce.

Vedi, si lamentò Siebold attraverso i legami del branco. *Vedi, Alpha?*

«Vedo. Brenna.»

Brenna trasalì sotto la mia mano, ma non alzò lo sguardo.

«Devi capire che i tuoi compagni ti difendono. Sei la più debole tra noi e non puoi lottare per il dominio. Sarai punita di fronte a tutto il branco così imparerai a stare al tuo posto.»

Un leggero cedimento delle sue spalle mi disse che aveva capito. Mi dibattevo tra il desiderio di confortarla e quello di mettermela sulle ginocchia e lasciarle il segno delle mie dita sul sedere davanti a tutti.

Siebold mugolò felicemente. Wulfgar lo strattonò come se fosse un cucciolo cattivo.

«Siebold», Samuel si rivolse al lupo dorato. «Non toccherai le sue sorelle. Abbiamo promesso di tenerle al sicuro.»

«Perché no, Alpha?» chiese un guerriero. «Sono così giovani e mature per essere possedute. Perché soffriamo quando quelle donne potrebbero aiutarci?»

Un altro guerriero aggiunse: «Potremmo prenderne soltanto una… la più grande, quella bionda. Sarà sufficiente per riscaldarci tutti durante l'inverno.»

Siebold emise un grugnito, dopo essere tornato in forma umana, e avanzò verso di noi, mantenendo acceso il fuoco della discussione. «Conosco la bionda. Bella sgualdrina, fa il bagno nuda nel ruscello della foresta. Ostentare se stessa davanti a noi, in quel modo… praticamente, se la sta cercando.»

Quella volta, feci caso al modo in cui Siebold lanciava le sue provocazioni, e tenni una mano su Brenna. Ma non importò tanto. Con un rapido movimento, lei si piegò in avanti, prese il grande bastone e lo lanciò nel fuoco.

Non esattamente nel fuoco, ma nell'enorme calderone al di sopra. Il treppiede tremò e la pentola si ribaltò, rovesciando il brodo nel fuoco sibilante. Si alzò del vapore mentre il calderone rotolava verso l'accigliato Siebold. Il guerriero saltò via, ma non abbastanza velocemente da riuscire a sfuggire al liquido bollente. Urlò.

Dopo ciò, trascinai la nostra amata fuori dalla radura, lontano dal branco. «Sei arrabbiata, piccola?»Non avrei mai immaginato, in cento anni, che la nostra donna si sarebbe comportata in quel modo. Sembrava che la sua dolce sottomissione si limitasse soltanto ai nostri alloggi.

Era una cosa seria. Siebold era abbastanza arrabbiato da cambiare forma e cercare di distruggerla. Wulfgar e Fergus si stavano già facendo strada tra i guerrieri per frapporsi tra me e il vichingo. I lupi erano irrequieti, si trasformavano, si lamentavano, chiedendosi se ci sarebbe stato un combattimento.

Un suono che non mi aspettavo attraversò la radura. Seduto sul suo trono, Samuel rideva. Il suo ridacchiare riecheggiò nella radura. Anche Wulfgar rise, e Siebold si voltò furioso verso il grande guerriero.

«Trasformati» ordinò Samuel, e il corpo di Siebold passò da umano ad animale, obbligato ad obbedire al comando dell'Alpha. L'uomo urlante si trasformò in lupo piagnucoloso, facilmente sottomesso da Wulfgar e pochi altri. Uno o due altri lupi del branco furono presi alla sprovvista dal comando dell'Alpha e si trasformarono nella loro forma animale, allontanandosi imbarazzati dalla vista degli altri. Il resto del branco rimase in silenzio, in attesa che l'Alpha prendesse parola.

«Non toccheremo le sorelle della nostra donna. Lo abbiamo promesso» disse Samuel. «Brenna sarà punita davanti al branco per aver sfidato Siebold. Qualsiasi sfida che lei lancerà sarà seguita da una punizione. È una donna e un'umana, oltre ad essere molto debole.» Samuel mi fece un cenno. «Daegan si occuperà della sua disciplina sotto gli occhi di tutti. È la nostra compagna ed è una nostra responsabilità.»

Un'onda di energia attraversò il branco alla parola 'compagna'. Per un attimo, tutto ciò che era sulla montagna trattenne il respiro.

Sì, disse il mio lupo. *La nostra compagna.*

Per una volta non ebbi il cuore di correggerlo.

«Un giorno vi darà dei cuccioli?» chiese uno dei guerrieri.

I tratti di Samuel si irrigidirono. «No. Ma è comunque la nostra compagna.» Fece cenno a me. «Daegan.»

Ringhiai all'orecchio di Brenna mentre la facevo marciare

attraverso la radura. «È stato molto coraggioso, quello che hai fatto. Sarei quasi orgoglioso di te se non dovessi punirti. Ma ora ho intenzione di stamparti le mie dita sul sedere. Te le sei guadagnate.»

La consegnai all'Alpha.

«Monella» le disse Samuel. «Ora sarai castigata come una lupa, spogliata davanti a tutti.»

Finalmente, la paura le attraversò il volto. Le accarezzai i capelli. «Non preoccuparti. Farà male, ma non permetteremo ti venga fatto alcun danno grave. Ti fidi di noi?»

Il suo timore svanì. Incontrò il mio sguardo con i suoi bellissimi occhi marroni e annuì.

Samuel la aiutò a inginocchiarsi accanto a sé. La messinscena che avevamo minuziosamente pianificato sarebbe continuata. L'Alpha sembrava austero sul suo trono, in pieno controllo, ma la sua mano era gentile mentre le accarezzava la testa.

Con un mezzo sorriso mi allontanai, facendo un cenno al piccolo lupo rosso che aspettava davanti all'entrata della caverna.

«Fergus»,gli ordinai, «portami il fustigatore.»

Quando tornò, notai camminava con un po' di spavalderia. Il lupetto si era divertito a guardare Siebold venire umiliato da una semplice umana.

«Non farti venire strane idee» lo ammonì mentre mi consegnava lo strumento. «Altrimenti sarai tu quello che verrà spogliato e punito con la frusta.»

Avevo passato gli ultimi giorni a prepararmi per quel momento, compreso un pomeriggio in un boschetto isolato, allenando il braccio con la schiena di Fergus come bersaglio. Io e Samuel avevamo pianificato ogni momento di quel rituale disciplinare.

Era proprio Fergus che aveva creato quello strumento punitivo. Aveva legato morbide strisce di pelle di cervo a un manico. Maneggiato correttamente, non avrebbe rovinato o segnato la carne della nostra donna, anche se l'avrebbe fatta bruciare un po'. Sentii un brivido di eccitazione al pensiero della bianca schiena di Brenna, nuda e meravigliosa, esposta al morbido bacio del fustigatore. Forse, se l'avessi usato bene quel giorno, mi avrebbe permesso di usarla anche in privato.

Allungai la mano per prendere l'attrezzo, ma Fergus lo trattenne. «Beta»disse sottovoce, in tono nervoso. «Non sei obbligato a farlo. Siebold sta cercando soltanto di litigare. Il branco capirà.»Teneva lo sguardo cautamente basso.

«Non dopo la sua bravata, non lo faranno.»Feci un passo più vicino. «Non le farà male. Tu mi hai aiutato ad assicurarmene. Davvero, Fergus. Non le causerei mai un danno grave.»

La mia rassicurazione lo rilassò. Sembrava serio, ma le tracce di preoccupazione sparirono dal suo viso giovane.

Mi avvicinai al centro del branco, con gli occhi su Brenna. L'eccitazione ronzava nel legame del branco. I lupi aspettavano, famelici di aspettative.

Feci un cenno e Wulfgar e Fergus – i due guerrieri di cui ci fidavamo di più – si avvicinarono a Brenna per tirarla su.

Lei oppose resistenza, ma l'avvertimento di Samuel permise loro di metterla in piedi e guidarla verso una costruzione di legno che usavamo come stenditoio. I guerrieri legarono le braccia di Brenna sopra la sua testa, usando lacci di cuoio. Lei era girata di schiena, così che il branco potesse vedere la frusta colpirle il sedere e contare ogni colpo, rosso su bianco.

Al mio cenno, Fergus le prese la treccia e la spostò sulla sua spalla, togliendola dai piedi.

«Andrà tutto bene» sentii Fergus sussurrare a Brenna.

Wulfgar aggrottò la fronte verso il piccolo lupo rosso, ma non appena Fergus non poté vedere la sua faccia, sorrise.

L'enorme guerriero aveva un debole per gli esseri più piccoli dallo spirito forte.

Wulfgar si allontanò. Io presi posto davanti al branco. Era tutto così silenzioso che potevo sentire le mosche ronzare e il respiro spaventato della donna legata.

Non avrebbe dovuto eccitarmi, ma invece…

«Brenna del clan Berserker, sei punita per aver sfidato un guerriero. Questa fustigazione ti insegnerà a stare al tuo posto. Le regole del branco ti permettono di sottometterti in questo modo anziché combattere a morte.»

Pregai che sentisse quelle parole e comprendesse la gravità della sua offesa. I Berserker vivevano e morivano secondo le regole, accuratamente create per tenere a bada la bestia.

Spettava a me completare il rituale. Oltre alla mia espressione cupa, indossavo un paio di calzoni di pelle di cervo. Ero a torso nudo. Tirai fuori un coltello e feci il giro per guardare in volto la nostra amata. Mantenni il suo sguardo mentre alzavo la lama. Non lo distolse, ma rimase coraggiosa mentre tagliavo il suo misero vestito. La stoffa cadde ai suoi piedi e mise a nudo il suo corpo perfetto sotto gli occhi di ogni lupo e uomo nella radura.

Un breve mugolio venne emesso da uno di loro, e finì quando Samuel ringhiò. Quel giorno, il branco poteva guardare la nostra donna, ma non gli avremmo permesso di dimenticare che apparteneva a noi.

Brenna chiuse gli occhi. La sua pelle candida si accapponava, sia a causa dell'aria fresca della montagna che per la sua aspettativa timorosa. Allora ruppi il rituale, sporgendomi in avanti per baciarla. «Fidati di me, piccola» le sussurrai sulle labbra. Lei annuì. Colsi un leggero odore muschiato quando indietreggiai.

Il mio membro era dolorosamente duro quando tornai

indietro e preparai il fustigatore. Lo schioccai in aria diverse volte prima di direzionarlo verso la sua schiena.

Sentii un forte suono mentre lei ansimava, ma si rilassò quando si accorse che l'impatto non le aveva fatto male. La frustai con attenzione, dipingendole di rosso la parte superiore della schiena e le natiche tonde. Quei primi colpi servivano a scaldarle la pelle e prepararla per una lunga serie di colpi. Con il tempo, la pelle striata avrebbe cominciato a bruciarle, ma per adesso le frustate sembravano delicate come un massaggio.

Mi fermai quando la sua pelle arrossì. Il respiro di Brenna era profondo e regolare. Se avessi potuto, mi sarei fermato lì per darle piacere, ma il branco si aspettava di vederla in lacrime.

Agitando il polso, lasciai volare la frusta. Il suo corpo si contraeva quando i colpi la colpivano con più forza. Una striscia rosso brillante le apparve sulla pelle. I suoi piedi danzavano mentre cercava di sfuggire al dolore.

Diversi lupi applaudirono, ma Samuel li zittì ringhiando.

Diedi a Brenna diversi colpi leggeri prima di intensificarli. La sua schiena diventò rossa e, nonostante facessi attenzione a non lasciare che i fili le colpissero la parte davanti, si contrasse diverse volte e il fustigatore le morse i fianchi. Quello le fece davvero male, lo sapevo. I colpi dati con le estremità dei fili sembravano punture d'ape.

La fustigazione faceva più male di una sculacciata, ma i segni sarebbero svaniti già il giorno dopo. Non era niente di paragonabile a una vera fustigazione con una frusta fatta di corda, pietre e cocci che avrebbero potuto tirar via la pelle di un uomo.

Se l'avessi picchiata abbastanza a lungo e dolcemente, avrebbe potuto addirittura addormentarsi.

Mi abbandonai a quel ritmo, ignorando il sangue che mi pulsava nella testa e nelle parti basse. Non so quanto tempo

114

avessi impiegato a frustarla con il fustigatore. A volte ero lento e gentile, alternando quei colpi con botte più forti.

Non so quando Brenna smise di lottare e si arrese alla sensazione ma, nonostante i colpi continuassero e aumentassero d'intensità, lei non batté ciglio. La sua testa si piegava sempre di più, verso il basso, e il suo intero corpo sembrava sfinito. Il fustigatore baciò diverse volte la sua soffice pelle, lasciando che il rossore le dipingesse la schiena e il sedere. Continuai a frustarla, anche quando il rosa acceso si tramutò in rosso.

Annebbiato dall'eccitazione, sentii a malapena il mio Alpha parlare.

«Daegan, basta così.»

Non appena le slegai i polsi, Brenna si accasciò contro di me, rannicchiandosi tra le mie braccia per nascondere il viso nel mio petto. La vera punizione non era la fustigazione, ma l'umiliazione. L'atto di essere messa a nudo e punita davanti al branco mortificava lo spirito del lupo più bellicoso.

Era necessario. Glielo avrei detto, più e più volte. L'avrei portata nella nostra caverna e avrei utilizzato ogni unguento che avevo per alleviarle il dolore. L'avrei lavata con cura e le avrei asciugato le lacrime con i miei baci.

Brenna si spostò tra le mie braccia e io riuscii a dare un'occhiata al suo viso, il colore intenso delle sue guance pallide. C'erano i segni delle scie delle lacrime, ma non erano molti.

Annusai l'aria e mi accorsi di ciò che il mio corpo e quello di ogni lupo avevano percepito – il dolce e inebriante odore muschiato che riempiva la radura, denso nell'aria estiva.

La nostra amata era eccitata.

Incredulo, le spostai una ciocca di capelli che le era caduta sul volto. Aveva gli occhi lucidi e l'espressione rilassata della sottomissione. Respirò contro di me, il suo corpo che si fondeva al mio, docile. Era pronta per essere posseduta e scopata, dominata completamente.

Un mugolio affamato si alzò dalla schiera di lupi, ma quello non avrebbe potuto essere spento nemmeno dal più potente ringhio dell'Alpha.

«Wulfgar»,lo chiamò Samuel per completare il rituale. «Il branco è soddisfatto della punizione?»

«Il branco è soddisfatto» brontolò il guerriero.

Daegan, portala dentro.

Tirai Brenna dietro di me superando i lupi, ansioso di nasconderla da quegli occhi indiscreti. Alle mie spalle, Fergus e Wulfgar ci seguivano per proteggerci lateralmente dalle bestie fameliche. Non appena raggiungemmo l'entrata della caverna, presi in braccio la nostra amata. La portai in braccio, facendo attenzione alla pelle arrossata.

Arrivati nelle nostre camere, feci sdraiare la nostra donna per controllarle la schiena. I colpi avevano arrossato la sua pelle, ma nessuna delle frustate l'aveva ferita rompendogliela. Si contorceva anche sotto il minimo tocco, e l'inebriante odore della sua eccitazione riempiva l'aria. La controllai anche tra le gambe.

«Per la Luna, sei bagnatissima per me.»La provocai dolcemente, alimentando la fiamma precedentemente accesa dal dolore del suo sedere. Si inarcò sulla mia mano, già pronta per me. Le mie dita pulsarono più velocemente tra le sue gambe, mentre l'altra mia mano si insinuò sotto di lei per trovare un capezzolo e pizzicarlo. Si scosse violentemente.

«Così, piccola. Prenditi il tuo piacere.»

Mi chinai su di lei, guardandola contorcersi e arrendersi al movimento della mia mano. All'ultimo secondo, mi stesi su di lei, toccando con il mio corpo la sua pelle sensibile. Il suo dolore si mischiò al piacere, travolgendole tutti i sensi, e per poco non mi disarcionò quando venne posseduta dall'orgasmo. Il mio uccello, intanto, si era gonfiato dolorosamente nei pantaloni di pelle. Mi sollevai da lei e incollai la bocca sulla sua nuca, succhiando abbastanza forte da lasciarle un segno rosso.

Mia.

I denti nella mia bocca si allungarono, e il lupo guaì con gioia al pensiero di marchiarla.

La nostra donna. La nostra.

Allontanai di colpo la testa gettandola all'indietro, scendendo dalla pedana per raggiungere l'altro lato della stanza, dove sarei stato più al sicuro.

Non sarebbe sopravvissuta a un morso d'accoppiamento. La tenera carne umana si distruggeva tra le fauci di un lupo – come avrebbe potuto essere amore?

I segni rossi che le avevo piazzato sulla schiena non fecero altro che farmi desiderare di marchiarla per sempre.

Quando mi sentii abbastanza tranquillo da potermi avvicinare, portai alla nostra amata un po' d'acqua, e le portai la tazza alle labbra. Dopo aver bevuto, mi stesi accanto a lei, accarezzandole la guancia e baciandola la bocca arrendevole.

«Daegan», Samuel entrò, e io mi feci da parte alla sua richiesta.

Si inginocchiò e le toccò i capelli, aspettando che si destasse un po'.

«Rimani sulla pancia» le ordinò, esaminando i segni sulla schiena.

«Niente sangue», anticipai.

«È stata brava» disse Samuel, facendo un passo indietro. Riusciva a sentire l'odore della sua eccitazione ma, come me, si limitò a passeggiare per la stanza per assicurarsi di avere pieno controllo di sé. «Ho messo una guardia all'entrata della grotta e ho mandato la maggior parte del branco in pattuglia, lontano dalla montagna.»

«Tanto meglio. Possiamo scoparla senza paura di essere interrotti.» Mi tolsi i pantaloni.

«Brenna»,la chiamò Samuel, sedendosi su una roccia. «Vieni qui.»

Le ci volle un momento per preparare le membra così da potersi alzare da letto, ma alla fine raggiunse l'Alpha e rimase in piedi tra le sue gambe, in modo che lui potesse tenerla ferma.

«Capisci perché sei stata punita?»

Lei annuì.

Samuel le accarezzò i capelli. «È necessario, tesoro. Ognuno di noi ha il suo posto nel branco. La nostra stessa sopravvivenza dipende da questo.»

«Non puoi combattere contro un lupo come uno sfidante alla pari. Se ne sfidi un altro e non riesci ad andare fino in fondo, le regole stabiliscono che devi essere punito. È un miracolo che a Siebold non sia stato permesso di punirti.»

Gli occhi di lei si spalancarono.

Samuel prese il fustigatore, esaminando le strisce di pelle morbida e mostrandolo alla nostra amata. «Daegan ha creato questo per te, così non ti saresti fatta male. Lo ringrazierai più tardi.»Lo gettò da parte, e i suoi tratti si indurirono.

«Inginocchiati» le ordinò, e lei si abbassò. Samuel allargò le gambe e scostò il suo perizoma di pelli. Anche da seduto, l'Alpha sembrava potente, con le sue gambe muscolose e il petto ampio.

«Hai subito bene la tua punizione, piccola. E adesso mostrerai al tuo Alpha che hai capito qual è il tuo posto.»

Guidò con la mano la testa di lei verso il suo membro e Brenna cominciò a succhiarlo.

Samuel continuo, accarezzandole i capelli. «La vita del lupo è dura. Viviamo sul filo del rasoio, tra la vita e la morte. In quanto Alpha, proteggo il mio branco. Potrei morire per proteggerlo, così come per i lupi più deboli. Ma non posso farlo se disobbediscono ai miei comandi. La minima esitazione potrebbe fare la differenza tra la vita o la morte.»

Ansimò mentre Brenna muoveva su e giù la testa, lasciando scivolare diversi centimetri del suo uccello nella sua bocca prima di staccarsene con uno schiocco. La sua lingua leccava pigramente l'asta.

I miei testicoli si strinsero in sintonia.

«Fino in fondo, ora» ordinò l'Alpha e, prendendo un respiro profondo, Brenna obbedì.

«Brava ragazza, prendilo tutto.»

Samuel la fece faticare sulle sue ginocchia finché non grugnì e si liberò nella sua bocca.

Brenna continuò a muovere la testa con calma fin quando Samuel le tirò i capelli e la costrinse a staccarsi con un 'plop'. Le piegò la testa all'indietro così da incontrare il suo sguardo.

«La prossima volta che ti metterai in pericolo, attaccando un guerriero in quel modo, farò sì che Daegan ti frusti con qualcosa di più di una semplice frusta. E più di una volta. Non dormirai sulla schiena per settimane. Mi hai capito?»

Brenna annuì, con le labbra morbide e lucide.

«È tutta tua» mi disse Samuel, lasciando cadere la sua espressione severa.

«Qui, Brenna», ordinai. «Sali sulla pedana. Piegati su mani e ginocchia.»

Lei scivolò con grazia verso di me, e quasi venni a quella vista.

Mentre mi passava davanti, le presi il mento tra le dita. I suoi occhi erano socchiusi dal piacere. Le sfiorai le labbra e lei leccò il mio dito, con la mente offuscata dalla sottomissione.

«Sei a posto, piccolina» ridacchiai, poi l'aiutai a salire sulla roccia ricoperta di pelli. «Adesso inarca la schiena e fammi vedere il tuo bel culo.»

Fece quanto le avevo ordinato, con il respiro più affannoso a causa dell'eccitazione.

Si aspettava una bella scopata vigorosa, ed era esattamente ciò che avrebbe avuto. Presi il barattolo dell'olio e ci intinsi le dita prima di spargerlo abbondantemente sulla fessura tra le sue natiche arrossate.

Ansimò, si irrigidì e si allontanò. Le diedi uno schiaffo sul fianco. «No, culo in alto. Le cattive ragazze si fanno scopare il sedere con forza.»

La confusione felice svanì, lei si oppose e cercò di sfuggire al tocco. Così, le strinsi i fianchi e la tirai indietro,verso di me.

Samuel si accovacciò di fronte a lei, spostandole i capelli dal viso e parlandole dolcemente: «Ti sei comportata così bene», la lodò. «Sai che non ti faremo mai del male, sì? Ma questo dobbiamo rivendicarlo.»

Mi lanciò uno sguardo e io annuii, continuando a spargere olio anche sul mio membro e sul suo piccolo buco. «Hai preso proprio bene il plug. Daegan sta usando un sacco di olio sia su di te che su se stesso. Scivolerà dentro senza problemi. Sarà stretto, ma ci assicureremo che ti piacerà. Vuoi darci piacere, no?»Le sue mani scivolarono sotto di lei per giocare con i suoi seni. Brenna inarcò ulteriormente la schiena, spingendosi contro le sue mani e mostrandomi il suo meraviglioso sedere nello stesso tempo.

Ormai pronto, posizionai l'uccello sull'ingresso posteriore, ammirando la vista di me contro le sue natiche rosee, screziate dai segni che le avevo lasciato.

«Adesso ti prenderò, Brenna. E un giorno, sia io che Samuel ti rivendicheremo.»

Stringendo le sue natiche, le separai mentre mi spingevo all'interno, aspettando si rilassasse per approfondire la mia entrata. Il mio stesso respiro diventò affannoso quando le sue dolci carni cominciarono ad inghiottire sempre più della mia asta.

«Oh, sei uno spettacolo.»Le strinsi il fianco e lei rabbrividì, stringendosi intorno al mio membro, inducendomi a sussultare e vedere le stelle. Samuel ridacchiò alla serie di imprecazioni di gioia che mi scivolò via dalle labbra.

«È ora della tua ricompensa.»Rallentai le mie spinte. Chinandomi sulla sua schiena arrossata, allungai le mani tra le sue gambe per giocare con le sue pieghe scivolose, trovando il piccolo nodo turgido sul quale disegnai dei leggeri cerchi con le dita.

Brenna si contorse, ma io e Samuel la tenevamo in pugno, obbligandola a godere con il mio uccello dentro il culo. Non lottò molto a lungo. Il bruciore e il calore si erano mescolati e l'avevano resa la donna più eccitata della Terra.

Il suo ano si contraeva intorno al mio cazzo, quasi stritolandomi. Il mio piacere crebbe a dismisura, così le afferrai la treccia e la usai come guinzaglio per tenerla contro di me.

«Così ti scoperemo, ogni volta che disobbedirai. Cattiva ragazza.» Le strattonai i capelli e la sentii sussultare. Il suo ano stretto intorno al mio uccello mi diceva che era più eccitata che sottomessa. «Non baderai ai nostri comandi? Benissimo. Ti scoperemo sottomettendoti, e legandoti così che non potrai scappare.»

«Com'è?» chiese Samuel. «Stretta?»

«Un po' più stretto e mi staccherà il cazzo.»

«Pensi possa prenderlo più velocemente?»

«C'è solo un modo per scoprirlo. Prenderà tutto quello che le daremo, e molto di più.»Le strattonai la treccia, tirandole indietro la testa. «Non è così, piccola? Hai dimenticato qual è il tuo posto, quindi te lo ricorderemo.»Accelerai le spinte, entrando e uscendo da lei. «Il tuo posto è in ginocchio, a prendere i nostri uccelli.»

La guidai su, tenendola così da poterla far saltare su e giù tanto velocemente quanto volevo che andasse. Lei allungò le mani indietro e afferrò la mia spalla mentre mi spingevo dentro di lei, ancora e ancora. Samuel si inginocchiò davanti a lei per pizzicarle i capezzoli.

«Presto ci prenderai entrambi» le promise. «Uno dentro la tua bella figa e uno nel culo.»

«Ti piacerebbe, Brenna?» le chiesi io.

Il suo orgasmo la scosse completamente. Io raggiunsi l'apice insieme a lei, stringendola forte. I miei denti trovarono la sua spalla e la morsero delicatamente. Dal modo in cui il suo corpo rabbrividiva, capii che il suo piacere non si era fermato.

* * *

DUE GIORNI DOPO, scendevo lungo il sentiero della montagna, alla fine del mio turno di pattuglia. Un gruppo di lupi stava vicino al fuoco, in attesa che un enorme cinghiale finisse di arrostire.

Drizzai le orecchie al suono della voce di Siebold.

«Stupido cane.»

Mi avvicinai alla roccia per vedere cosa stava succedendo. Siebold aveva le mani intorno alla gola di Fergus.

«Siebold, lascialo andare.»

Il guerriero ringhiò ma liberò il lupetto rosso, che ansimò e si dimenò. «Perché? Vuoi scopartelo? Per caso la vostra donna non ti soddisfa abbastanza?»

Ignorai le provocazioni del vichingo.

«Ammettilo. La tua bestia non è soddisfatta con del sesso senza dolore. Vuole marchiarla. La fustigazione ha solo dato un assaggio di quello che potrebbe essere—»

«Lascia perdere, Siebold.»

Lui tacque, e io cominciai ad allontanarmi quando lo sentii commentare ad un altro guerriero: «*Se avessi io quella stupida puttana farei di tutto per farla urlare—*»

In un secondo, non ci fu più distanza tra noi. Saltai e il mio corpo colpì il suo, facendolo barcollare. Il vichingo biondo era più robusto e alto di me, ma io ero più veloce.

I guerrieri si scansarono, tirando via i tronchi che usavano come sedute per darci spazio per combattere.

La bestia mi chiese a gran voce di liberarsi, e io la lasciai fare. La mia spina dorsale scrocchiò a causa della Trasformazione. Le mani diventarono artigli.

Anche Siebold si trasformò, per metà bestia lui stesso, i tratti somatici si contorsero e si allungarono in qualcosa simile a un incrocio tra una mascella umana e la bocca di un lupo. Un secondo dopo, stava già correndo verso di me. Fece un balzo e io caddi sulla schiena, prendendolo a calci quando il suo corpo atterrò sul mio, mandandolo con i piedi in aria lontano… da me. Mi rialzai e mi posizionai di fronte appena in tempo perché facesse un altro passo.

Denti affilati come lame si chiusero accanto alla mia faccia. Vidi un'apertura e raschiai i miei artigli sulla sua schiena. Lui urlò, inarcandosi all'indietro. Prima che potesse voltarsi e affrontarmi, placcai, facendolo cadere a terra.

Volevo si facesse male.

Stringendogli i capelli biondi, gli spinsi la faccia nella terra. Era troppo attraente, e volevo porre rimedio.

La bestia dentro di me lottava per il dominio. Il mio mondo cominciò a diventare nero, privo di qualsiasi colore tranne del rosso che si accumulava sulla terra di fronte a Siebold…

«Daegan, basta» ordinò Samuel. Percepii il soffio della magia del mio Alpha cadermi addosso, e scattai in piedi, lontano da Siebold. Avrei fatto qualsiasi cosa per evitare l'umiliazione di essere costretto a trasformarmi in lupo completo.

Siebold emise degli sbuffi e cercò di alzarsi in piedi. Aprendo le fauci, gli ruggì di rimanere lì fermo. Si appiattì contro il terreno, compiacendo la bestia abbastanza da permettermi di avere il coltello dalla parte del manico.

Artigli lunghi come coltelli mi spuntavano dalle dita coperte di pelo. Mi si rivoltò lo stomaco dal disgusto.

Superai Samuel e mi inoltrai nella grotta per vedere la nostra amata.

Voleva rimanere come nostra consorte? Le avrei mostrato il mostro che ero davvero.

La trovai nel giardino. I miei grugniti animaleschi la misero in allarme. Alzò lo sguardo e sbiancò. Alzandosi, camminò verso il lato più lontano della camera, mettendosi con la schiena contro il muro e prendendo un respiro profondo prima di guardarmi negli occhi.

Sapevo cosa stava guardando – la pelliccia nera, un uomo in piedi, le zampe di una bestia. Non ero né uomo né lupo, ma una creatura che uscita dai peggiori incubi, con il sangue di Siebold che mi gocciolava dagli artigli.

Vidi la vena del collo pulsare mentre osservava la mia figura deforme e combatteva la sua paura. Non era corsa via – non ci sarebbe stato nessun posto in cui fuggire, comunque. Non si era messa a urlare perché non poteva.

I peli sulla mia nuca si arruffarono. Samuel parlò dietro la mia schiena.

«Lascia che ti aiuti, Daegan.»

Emisi un gemito, un suono brutale e spezzato.

La paura di Brenna svanì, lasciando posto alla pietà. Mi chinai, con le zampe che mi coprivano il viso, e sentii l'ordine di Samuel che mi attraversava il corpo, raddrizzandomi la spina dorsale. I muscoli e le ossa risposero al comando, la pelliccia sparì. Mi alzai in piedi da uomo, ma mantenni una mano sul volto finché non sentii il dolce tocco della nostra donna. Brenna mi tirò giù le mani e mi strinse il viso tra le sue. L'accettazione brillava nei suoi occhi. La suggellò con un bacio.

Al tocco delle sue labbra, l'ultimo granello di rabbia Berserker svanì.

«Vieni, Brenna» disse Samuel con voce roca. «È tempo che tu capisca cosa siamo veramente.»

Lasciai che fosse proprio lei a guidarmi nella nostra camera da letto. Ci stendemmo insieme sulla pedana, con Brenna tra i nostri corpi. Io stringevo il suo corpo rigoglioso, mentre Samuel la guardava in volto.

«La magia ci dà molti vantaggi», spiegò Samuel a Brenna. «Una vita più lunga, l'agilità nel combattimento, guarigione rapida. Ma la bestia è sempre in agguato nella nostra mente, in attesa di prendere il controllo e farci perdere la ragione. Questo è il nostro dono ma, al contempo, la nostra maledizione.»

Lanciò uno sguardo verso di me. Annuii. Mi stava tornando lentamente la parola dalla morsa della bestia. Qualsiasi suono avessi emesso, in quel momento, sarebbe stato un grugnito animalesco. Ero troppo imbarazzato per farlo.

«Pensavamo di essere spacciati, finché la strega non ci ha parlato di te. Non abbiamo nessun diritto di chiederti di rimanere, ma è così.»

«Dovresti lasciarci, piccola», dissi io. «La bestia prende rapidamente il sopravvento. Semmai dovessimo perdere il controllo—»

«Semmai *io* dovessi perdere il controllo» mi corresse Samuel. «Perché è probabile che succeda a me.» Accarezzò Brenna. «Se dovesse capitare, Daegan ha l'ordine di mandarti via, lontano…»

Lei si accigliò e scosse la testa.

«Sì», le accarezzai il viso con i palmi delle mani. «È meglio così. Vivrai una lunga vita senza di noi.»

Lei ci indicò entrambi, poi indicò il suo cuore.

«Ti amiamo anche noi, amore», disse Samuel. «E finché ci amerai, saremo sempre con te.»

CAPITOLO 9

La Luna cresceva mentre eravamo nel mese più caldo dell'anno. Mi ero tolto un peso di dosso, ora che Brenna aveva visto la mia forma Berserker, e sapeva che, se Samuel avesse perso il controllo, lei avrebbe fatto meglio a scappare.

Il nostro piano di farla accettare come una del branco era andato avanti, permettendole di passare del tempo giù dalla montagna. Insieme ci godevamo le gioie dell'estate.

Un pomeriggio, stavo parlando con Wulfgar, accanto al focolare, quando Fergus si precipitò con il primo corno di idromele.

Lo provai e lo trovai buono. Wulfgar era d'accordo con me.

«Porta un barile di questo alla Cosa», mi consigliò. «Un buon idromele aiuta a calmare gli animi.»

«Altre notizie dal Branco Rosso?»

«Si lamentano che i Berserker sono nella loro terra.»

«Siebold?»Il vichingo biondo era sparito da quando Brenna lo aveva battezzato col brodo di carne. Dopo il

nostro combattimento, mi aspettavo di sentire si fosse rinta-
nato con una donna del villaggio, o magari con tre, finché la
sua bestia non si fosse liberata e avesse bisogno di qualcuno
che ripulisse il casino.

Wulfgar scosse la testa. «Non del nostro branco, ma di
quello di Ragnvald. Si lamentano del nuovo branco. Sembra
pensino sia nostro dovere tenere a freno i guerrieri di Ragnvald. Ecco perché vogliono Samuel al raduno. Pensano che
sia disposto a prendere il controllo questo secondo branco di
Berserker.»

Mi indignai. «Il Branco Rosso è così smidollato che
vogliono che siamo noi a fare il lavoro sporco al posto
loro.»

«Ci odiano», affermò Wulfgar.

«Odiano la magia nera. Sperano che combattiamo contro
i Berserker di Ragnvald, e li spazziamo via. O loro faranno la
stessa cosa con noi.»

«Forse dovremmo fare pace con Ragnvald...»

«È un po' tardi per quello. Il suo vice si sta consumando
nella nostra fossa.»

Wulfgar non cercò di sostenere che bisognava lasciare
andare Maddox. Aveva più senso usare il lupo tatuato come
merce di scambio, ma non gli si poteva permettere di
vincere: sapeva troppo. Lasciarlo andare avrebbe messo in
pericolo Brenna.

Wulfgar passò il resto dell'idromele, porgendo il corno a
Fergus, che stava ascoltando la nostra chiacchierata politica
con gli occhi spalancati e le orecchie drizzate.Un corvo si
posò sul braccio teso di Wulfgar e gracchiò.

«Per le palle di Thor!» Wulfgar lo schivò e imprecò. Il
corvo svanì in una nuvola di fumo, e tutti noi ci abbassammo
e imprecammo con lui.

«Che stregoneria è questa?»Fergus indicò il punto in cui
si era posato l'uccello. Sotto il fumo c'era un pezzo di

corteccia di betulla, con segni neri scarabocchiati sulla superficie bianca. Mi accovacciai e lo raccolsi.

«Maledetta strega.»Dopo aver ordinato a Wulfgar di andare alla ricerca di Yseult, corsi a portare il messaggio a Samuel. Durante il suo periodo da monaco, aveva imparato a leggere.

«Verrà farci visita durante la Luna piena.»

«Sa altro sulla nostra vera compagna?»

Samuel scosse la testa. «La mia ipotesi è che abbia delle informazioni per noi. Sta mandando un messaggero a precederla. Dovremmo aspettarlo presto.»

Il giorno dopo, un uomo anziano arrivò sulla montagna. I Berserker seguirono i suoi passi, ma non lo fermarono finché non raggiunse il nostro focolare e si parò di fronte a Samuel, che stava sdraiato su una grande roccia in perizoma, come un re barbaro sul suo trono.

Il vecchio aveva una lunga barba grigia e un panno avvolto intorno alla testache gli copriva l'occhio destro. Samuel lo fissò per un po' di tempo prima di farmi un cenno.

«Chi sei?» chiesi io per Samuel.

«Yseult mi chiama Odino. Come lui, ho dato un occhio per la saggezza.»

I lupi vichinghi che stavano osservando cominciarono ad agitarsi. Era probabile che credessero che un vecchio cieco chiamato Odino fosse davvero il loro Dio.

Roteai gli occhi. Yseult stava facendo di nuovo i suoi giochetti.

«Che cosa ci fai qui?»

L'uomo allargò le mani. «Yseult mi ha ordinato di venire. Ha detto che mi avreste dato del cibo e un riparo come ricompensa per i miei servizi.»

«E quali servizi offre un vecchio cieco?»

L'uomo dalla barba grigia sorrise e allargò di nuovo le mani. «Insegnerò alla vostra amata a parlare.»

* * *

Ci vollero un'altra notte e un giorno prima che al vecchio venisse permesso di avvicinarsi a Brenna. Lei lo approcciò con curiosità, fermandosi quando le afferrai il braccio.

«Ciao, Brenna» disse Odino, usando le mani per fare gesti nell'aria. Ripeté il suo saluto, muovendosi più lentamente.

Io e Samuel lo guardavamo affascinati mentre lei imitava i suoi gesti. Dopo essersi salutati, il vecchio cominciò ad indicare le cose nella stanza, chiamandole per nome ad alta voce e con un gesto.

Dopo qualche giorno, Brenna padroneggiava questo nuovo gioco. Io e Samuel ci allenavamo insieme a lei, ma imparavamo più lentamente.

«Parli in questo modo con qualcun altro?»le chiese l'uomo.

Sì. Mia sorella, fece segno lei. *Quella della mia stessa età, o quasi.*

«Sabine?»chiesi io. Conoscevo i nomi delle sue sorelle dai rapporti dei lupi che gli davano un'occhiata di tanto in tanto.

Brenna abbassò lo sguardo sul pavimento, come faceva sempre quando parlavamo della sua famiglia. *Sì.*

«Lasciaci» ordinò Samuel al vecchio dalla barba grigia. L'uomo chiamato Odino fece la scelta più saggia e obbedì.

«Brenna»,mi accovacciai accanto a lei, per incontrare il suo sguardo. «Ti mancano le tue sorelle?»

Sì.

«Vorresti vederle?»

Ci fu una pausa, poi scosse la testa. *È più facile se non lo faccio.*

Samuel e io ci scambiammo un rapido sguardo.

«Vuoi lasciarci?»

Il suo sguardo si alzò di scatto a quelle parole. *No,* gesticolò lei, e io mi sentii sollevato. Ma non si fermò lì. *Mi manchereste di più.*

Con un ringhio, Samuel si avvicinò a lei. Tirandole indietro la testa per la treccia, reclamò le sue labbra. «Allora sei nostra, piccola. Per sempre.»

CAPITOLO 10

*E*ro in piedi davanti al fuoco quando Yseult apparve accanto a me. Anche se avevamo avuto guardie appostate per giorni in cerca della donna bionda, si era mascherata per mostrarci il suo potere, avvicinandosi sempre di più alla nostra amata senza preavviso, senza chiedere il permesso.

Sentii il suo rivoltante odore, di fumo gelido e pietra, e mantenni lo sguardo sul fuoco. «Odio quando appari dal nulla.»

«Lo so bene.» Sorrise. «Ti è piaciuto il mio regalino?»

«Il vecchio? Conosce alcuni trucchetti.»

Mi si accapponò la pelle quando cominciò a studiarmi con lo sguardo. «Ha legato con voi?»

«Parla con noi usando il linguaggio delle mani» replicai, evitando di dare una risposta vera e propria.

«Portami da lei.»

La guidai all'interno della caverna. Brenna sedeva accanto alla piscina, insieme al vecchio. Le mani di entrambi fluttuavano nell'aria mentre parlavano a gesti.

Mi fermai sulla soglia e allungai un braccio per tenere indietro Yseult.

La strega obbedì al mio ordine silenzioso. Insieme, guardammo Brenna conversare con le mani. Non ci notò, ma Samuel invece sì. L'Alpha si avvicinò.

«Beh, Yseult… Cosa pensi della nostra compagna?»

«È questo che è? La vostra compagna?»

«Sì. Non ci importa cosa dicono le rune. Lei è quella che abbiamo scelto.»

«Mh», Yseult emise un verso dubbioso. «Il suo profumo è diverso. Più forte. Avete svegliato qualcosa in lei.»

«Cosa intendi dire? Parla chiaro, o non parlare affatto» le ordinò Samuel.

«Odora come se fosse in calore. Il suo corpo risponde al richiamo della vostra magia.»

«Spiegati.»

«L'ultima volta che vi ho fatto visita, mi avete promesso una notte con il branco, durante il solstizio d'estate. Cioè oggi.»

«Il branco è pronto per te. Manterremo la nostra promessa. Adesso dicci perché Brenna odora come se fosse in calore.»

«E perché è sopravvissuta all'attacco di quel cane quando era piccola», aggiunsi io.

Yseult mostrò quel suo maledetto sorriso enigmatico. Le piaceva averci in pugno. «Brenna ha della magia.»

«È una strega?»

«Non è una strega, non esattamente. No. La sua è una magia più sottile, terrena.» Yseult sbuffò, e capimmo che considerava Brenna inferiore al suo livello. «La vostra Brenna è una guaritrice, come sua madre, e sua madre ancora. Si può anche chiamarla 'profetessa'. Sono meno potenti delle streghe.»

«Ma ha qualche potere? Quali?»

«Questo dovete scoprirlo voi. Io ho cercato delle risposte e ho scoperto della nonna di Brenna, che aveva capacità di guarigione. Non molto potere, almeno, non abbastanza da impedire agli abitanti del villaggio di bruciarla viva.»

«E la madre di Brenna?»

«Dopo la morte della nonna, la madre ha preso le sue figlie ed è fuggita. Se aveva qualche potere, li ha abbandonati quando si è data all'alcool. Su quali poteri abbia una profetessa, Brenna e le sue sorelle possono darvi una risposta.»

Samuel e io ci scambiammo uno sguardo. Qualsiasi cosa pensassimo che la strega sapesse, quello non ce lo aspettavamo di certo. «Questo è tutto ciò che hai scoperto? La nostra donna è una profetessa, e che forse ha anche abilità guaritrici?»

«Ha senso», aggiunsi io. «Lei placa la bestia.»

«Ma non l'ha domata completamente» puntualizzò Samuel.

Yseult si schiarì la gola. «Il potere cresce col sacrificio. C'è sempre un prezzo.»

«Qual è il prezzo per Brenna? Ha già perso la voce, quasi la vita.»

«Il prezzo che paghiamo tutti», disse Yseult. «Il dolore.»

* * *

QUANDO CALÒ LA SERA, tutto il gruppo si era riunito attorno al focolare sulla montagna. Samuel era seduto sul suo trono, mentre Yseult era in piedi al suo fianco, con indosso un abito bianco e il suo solito sorriso enigmatico.

Su richiesta di Yseult, rimasi con Brenna all'entrata della caverna, a distanza di sicurezza dal branco. Avremmo guardato e imparato qualcosa.

Dolore, aveva detto la strega. Sapevo che le streghe, come Yseult e mia madre, sacrificavano qualcosa per la magia. Il sacrificio poteva essere piccolo – un coniglio o una colomba. O personale – come Odino, che aveva dato il suo occhio per la saggezza. O ancora qualcos'altro... come sottoporsi a un supplizio erotico. Mi chiedevo se la fustigazione avesse risvegliato i poteri di Brenna.

Brenna e io aspettammo che Samuel desse ordini al branco. Per una notte, potevano possedere Yseult e farne ciò che ne volevano. Nessuna mutilazione o morte, questa era l'unica regola.

Quando Samuel smise di parlare, Yseult si avvicinò al branco di lupi, con gli occhi accesi da una fame primordiale. Stava camminando tra i guerrieri quando uno di loro si mise sulla sua strada. Un sorriso malvagio le incurvò le labbra. Parlò a Siebold, poi la sua mano scattò e gli diede uno schiaffo.

Nessuno osò respirare.

Gli occhi di Siebold brillarono dorati a causa della bestia mentre allungava una mano per stringerle i capelli. La obbligò a inclinare la testa all'indietro e la baciò.

Altri tre guerrieri la accerchiarono, strappandole l'abito dalla sua alta figura. Siebold la sollevò e la portò sul terreno per montarla.

I denti di Yseult trovarono il collo di lui e lo morsero. Scorse del sangue e Siebold ruggì, sbattendola a terra con i fianchi intanto che le unghie di lei gli graffiavano la schiena.

Quando raggiunse l'orgasmo, la magia si propagò per tutto il branco. I lupi ulularono tutti, tutti tranne me e Samuel.

«Vieni, Brenna.» Cominciai a voltarmi dall'altra parte, disgustato non dalla scena, ma dalla reazione del mio uccello a quello che avevo visto. Brenna mi fermò, strattonandomi il braccio.

«Cosa c'è, tesoro?» Mi si asciugò la bocca quando notai il

calore negli occhi della nostra amata. Mi cinse il collo con un braccio e mi abbassò per baciarmi appassionatamente.

Quasi barcollai all'indietro quando mi lasciò andare. «Davvero? Ora?»

Lei annuì, posandomi una mano sul petto. Non persi tempo prima di sollevarla sulla spalla e portarla nella nostra camera da letto.

* * *

Brenna tremava quando la poggiai sulla pedana.

«Stai bene, piccola?»

Sì. Gesticolò agitando le mani. *Ho bisogno di te. Ora.*

Samuel entrò nella stanza, sembrando più giovane e spensierato, come non lo vedevo da tempo.

«Sento il suo odore» disse lui, gli occhi completamente dorati. La sua bestia era vicina alla superficie, riuscivo a sentirne l'odore, ma non sembrava arrabbiato.

«Brenna», disse il grande Alpha strozzandosi sulle parole. «Sei in calore.» Andò a mettersi davanti a lei, sulla pedana, accarezzandole i seni e lasciando scivolare la mano verso la sua intimità. Lei si appoggiò al suo tocco, con gli occhi socchiusi dal desiderio.

«Il tuo calore ci attrae. È inebriante.» Poggiò il viso sulla pancia di lei, protetta dal tessuto dell'abito. Sembrava un mendicante davanti a una regina. «Farò qualsiasi cosa tu mi chieda.»

Lei sembrava pensosa, poi un sorriso malizioso le affiorò in volto e indicò il pavimento davanti a sé.

«Vuoi che ti faccia godere, piccola? Vuoi il tuo Alpha in ginocchio?» Si abbassò davanti a Brenna, la testa si avvicinò alle ginocchia di lei, in piedi sulla pedana. Spostandole l'abito, lui alzò un piede, poi l'altro, mordicchiandole le caviglie per poi salire su. Afferrando i capelli per mantenersi in equilibrio, Brenna lo spinse tra le sue gambe.

Mi precipitai sulla pedana e le sollevai l'abito, togliendoglielo dalla testa. Prima, quel giorno, l'avevo depilata e le avevo fatto indossare il plug. Il suo corpo era liscio e pronto. Le baciai il collo.

«Sei l'unica, Brenna. L'unica per cui ci inginocchiamo.»

La sollevai e Samuel le fece scivolare le gambe sulle sue spalle. Brenna sospirò e si contorse quando lui lambì le sue pieghe. Io la tenni ferma, liberando una mano per accarezzarle il seno. Gettò indietro la testa sulla mia spalla, ma continuò a tenere la testa di Samuel sulla sua vagina, anche dopo aver raggiunto l'orgasmo.

Samuel ed io la lasciammo sdraiare, accarezzandole la pelle bianca mentre si riprendeva.

«Così fragile. Così delicata... eppure sei più forte di tutti noi. La tua debolezza richiama la nostra bestia, ma la trasforma da brutale in protettiva.»

Trassi un respiro profondo, accorgendomi fosse proprio così. La bestia non si era rafforzata perché stavamo perdendo il controllo su di essa: era più forte perché lei ne aveva bisogno, la voleva, l'accettava.

Samuel le poggiò un dito sulle labbra. «Lo sapevi prima di noi.»

Le labbra di Brenna si incurvarono contro le dita di lui mentre sorrideva segretamente. In quel momento capii che le rune avevano ragione: quella era la donna per noi.

«Su» le ordinai, porgendole le mie mani per aiutarla ad inginocchiarsi. Girandole intorno, feci scivolare una mano sul suo sedere e presi il plug. «Ecco.»

Lei spalancò gli occhi, ma mi permise di posizionarla a quattro zampe.

Le facevamo indossare spesso il plug per allargarle il buco posteriore. E quel giorno lo avremmo posseduto.

«Tutto di te appartiene a noi.» Le scopai il culo con il plug, facendolo scivolare dentro e fuori.

Samuel mi porse il barattolo d'olio. Tirai fuori il plug e la riempii con un dito ricoperto d'olio. Brenna poggiò il petto contro le pelli e il suo sedere ondeggiò in aria, pronto per noi.

«Non aver paura, piccola.»

Samuel fece un passo avanti, toccandosi il membro per prepararsi. Prima la sistemò di nuovo a quattro zampe e si infilò nella sua intimità. Io, invece, scivolai sotto di lei per leccarle i seni finché il suo respiro non si fece irregolare.

Samuel si staccò e le divaricò le natiche. «Bellissimo.»

La tenni tra le braccia mentre Samuel posizionava l'uccello sul suo ano per poi cominciare a spingere.

La fronte le si imperlò di sudore. Nascose il viso nel mio petto.

Le accarezzai i capelli.

«Concentrati su di noi. Concentrati sul far godere i tuoi padroni» le sussurrai.

Senza alzare la testa, lei annuì.

«Inspira. Poi espira e resisti.»

Il grugnito di Samuel mi fece capire che era riuscito a penetrarla.

«È così stretto. Così fottutamente stretto…»

«Ecco, piccola, ce l'hai fatta. Ora…» Mi spostai indietro in modo che il mio uccello ondeggiasse davanti al suo viso. «Succhia questo.»

Cominciò a muoversi avanti e indietro tra di noi.

Venimmo nello stesso istante, all'unisono.

Non avevamo posseduto i suoi due buchi nello stesso momento, ma sarebbe accaduto presto.

CAPITOLO 11

Il giorno dopo, poche ore dopo l'alba, mi arrampicai sulla montagna fino al punto di osservazione per fare il primo turno di guardia.

Uno strano vento mi soffiò sul viso, portandomi il profumo della neve e della fredda pietra, con una sfumatura di morte al suo interno. Yseult.

«Non hai ottenuto quello per cui sei venuta?»

«Anche di più.» La donna quasi canticchiò. «Perché non hai partecipato?» mi chiese, lasciando scivolare un dito lungo il mio braccio. Le bloccai la mano, trattenendomi dal rompergliela.

«Sono già impegnato.»

«Lo vedo» rise lei, toccandomi la spalla, facendomi notare per la prima volta i segni delle unghie di Brenna. «Sei sopravvissuto al suo primo calore.»

«È stato…»Soffocai sulle mie stesse parole. «Non sembrava vero. Per un attimo ho pensato fosse soltanto una reazione alla tua magia nei legami del branco.»

«No, era lei» mormorò Yseult. «La profetessa diventa più forte ad ogni Luna che passa nelle vostre mani. Stai attento, lupo» mi agitò un dito davanti al volto. «Ci sono licantropi che sentiranno il suo odore e cercheranno di strapparvela via.»

«Lasciali venire» ringhiai io. «Non c'è nessuno forte come un Berserker.»

«Sei sicuro?» Il suo sorriso era bellissimo e terribile allo stesso tempo. Si allontanò, ondeggiando i fianchi come una donna che è stata scopata per bene, finché non scomparve in un lampo che mi fece rizzare i capelli.

Mi colpì che Yseult, allora, aveva un odore molto più forte della volta precedente, molto più forte di un semplice incremento che avrebbe ricevuto dal versare il sangue di un compagno di letto. Aveva per caso mangiato uno del branco? Pensai a ogni membro: tutti i lupi erano presenti.

Tranne uno.

Corsi giù per la montagna. Quando raggiunsi la fossa, rallentai e chiamai Maddox.

Non rispose. Annusai l'aria, ma non riuscii a sentire il suo odore. Mi sporsi sulla fossa per cercare il corpo.

Non c'era.

* * *

SAMUEL NON SEMBRÒ SORPRESO quando gli diedi la notizia della prigione vuota. Mi chiesi se una parte di lui sperasse che Maddox fosse fuggito.

«Magari la strega ha trovato un modo per consumare sia Maddox che il suo potere» gli suggerii. «Sembra più potente.»

«Noi siamo più potenti. Qualsiasi magia abbia in sé Brenna, ci ha rafforzati.»

Ero ancora preoccupato che la bestia prendesse piede. Reagiva a Brenna in un modo che non avevo mai visto prima.

«Continueremo a prendere precauzioni» disse Samuel,

leggendo la mia preoccupazione. «Andrai con alcuni del branco al raduno con il Branco Rosso. Ascolta e scopri tutto ciò che puoi sui Berserker di Ragnvald. Io starò qui a tenere al sicuro la nostra compagna.» Lui sorrise, e ancora una volta rimasi stupito da quanto sembrasse ringiovanito. Come se si fosse tolto un enorme peso dalle spalle. «A proposito, ti sta aspettando nella sala da bagno.»

Impiegai molto tempo per congedarmi. Brenna era particolarmente esuberante, respingendo le mie mani e chiedendomi più e più volte perché dovessi andare via. Le dissi che avrei visitato un mercato per comprarle delle belle cose, ma mi diede del bugiardo. Poi le dissi che stavo andando a dire addio alle puttane del villaggio, e mi diede uno schiaffo dandomi del coniglio. Non riuscii a farmi scivolare addosso quell'insulto, così la spogliai, la sculacciai e la scopai sul pavimento di pietra.

Samuel ci trovò proprio lì, intenti ad accarezzarci l'un l'altra mentre scambiavamo parole sul nostro amore.

«Il branco sta aspettando», ordinò infine. «È ora.»

Fu solo quando il fitto bosco si chiuse intorno a noi, togliendoci la vista della nostra montagna, che il mio morale si abbassò. Il timore che mi aveva infuso Yseult diventava sempre più forte ad ogni passo che mi separava dalla mia amata. Wulfgar notò il mio grave silenzio.

«Cosa puoi dirci sul Branco Rosso?» mi chiese, cercando di distogliere i miei pensieri e di farmi concentrare sulla battaglia che stavamo affrontando.

«Sono qui dai tempi dei romani, forse anche prima. Alcuni di loro governavano come signori, e anche se il culto del Cristo Bianco li ha spinti a nascondersi, si ritengono civilizzati. Sono licantropi naturali, e si trasformano in lupi quando vogliono.»

«Qual è la differenza tra loro e noi?» chiese Fergus.

Samuel aveva ordinato al piccoletto del branco di unirsi a noi per imparare un po' di diplomazia.

«La maggior parte dei licantropi nasce così per natura, da un licantropo femmina. I Berserker vengono creati dalla magia nera.»

«Ma tu non sei stato trasformato da una strega», insistette il giovane lupo.

«No, ragazzo. Sono *nato* da una strega. Mia madre era una strega, simile a Yseult. Meno potente, però, ecco perché mi ha messo al mondo. La maggior parte delle streghe è sterile.» Feci una pausa per un attimo, chiedendomi se la magia di Brenna le avrebbe permesso di dare alla luce dei bambini. Sarebbe stato troppo da sperare in una vita: una compagna che ci avrebbe dato una famiglia. «Mia madre si innamorò di mio padre, e gli ha dato un figlio. Io posso trasformarmi, sì, ma la magia di mia madre aggiunge quella nota che porta alla furia Berserker.»

«Streghe e lupi non vanno d'accordo» grugnì Wulfgar. Si era tenuto lontano da Yseult e aveva costretto Fergus a fare lo stesso. «Nessuna offesa, Beta.»

«Tranquillo. L'intento principale di mia madre quando incontrò mio padre era quello di renderlo suo schiavo. Alla fine l'amore ha reso schiava lei e ha causato la sua morte.»

Fergus deglutì. «Lui l'ha uccisa?»

«No. Il suo branco lo ha fatto.»

Aumentai il passo e i guerrieri mi seguirono. Indossavamo abiti realizzati con pelle di renna e avevamo portato le armi con noi. La maggior parte dei licantropi si affidava a denti e artigli; le loro forme umane erano più vulnerabili. Ma noi eravamo Berserker: eravamo stati uomini, un tempo, ma eravamo stati trasformati dalla magia nera.

Viaggiammo rapidamente, evitando i luoghi abitati.

Arrivammo al luogo del raduno, una valle tra una serie di colline. L'inquietante pianura era piena di nebbia, il centro delimitato da un cerchio di pietre. Scendendo man mano, l'aria diventò difficile da respirare, come se il confine tra i mondi si stesse assottigliando.

«Sono loro?» chiese Fergus quando degli uomini apparvero tra la nebbia. «Sono più piccoli di noi.»

Gli lanciai uno sguardo dall'alto. Il più piccolo del nostro branco era alto almeno mezzo metro in più della maggior parte di quelle figure che strisciavano fuori dalla nebbia. «Sembrano uomini comuni.»

«Uomini comuni, lupi naturali» concordai io. «Vivono in armonia con la terra e odiano la magia delle streghe.»

Rimanemmo in piedi sul lato della collina, in attesa che il Branco Rosso raggiungesse le pietre al centro. Indossavano i colori del clan, avevano i capelli scompigliati e coltelli legati agli stivali.

L'ultima volta che avevo affrontato quei lupi dell'Highland, avevano cercato di uccidermi. Samuel era intervenuto, e aveva stabilito un legame tra noi.

«Questo era il tuo branco, vero?» mi chiese Wulfgar sussurrando.

«Sì.» Cominciai ad avanzare, ma lui mi tese una mano.

«Lascia che lo faccia io.»

Annuii e indietreggiai. Gli avremmo lasciato pensare che Wulfgar fosse il nostro leader finché non sarebbe arrivato il momento giusto. Fosse stato per me, non li avremmo incontrati da pari a pari. Mentre guardavo Wulfgar e gli altri dirigersi a grandi passi verso le pietre, desiderai di poter guidare un attacco furtivo a quel branco che aveva fatto a pezzi la mia famiglia.

Samuel e io ne avevamo parlato. Il Branco Rosso era più debole di noi. Avremmo potuto sconfiggerli e farla finita, ma avremmo rischiato di liberare la bestia.

Wulfgar e gli altri raggiunsero il Branco Rosso nel cerchio di pietre. Mi avvicinai furtivamente, mettendo a tacere il mio potere così non avrebbero potuto percepire me né l'energia che mi avrebbe segnato come Alpha.

Fergus aveva ragione. Dopo anni passati a vivere con i Berserker, i membri del Branco Rosso sembravano rimpiccioliti, più piccoli. Studiai il trio di leader e non mi preoccupai di reprimere il mio freddo istinto omicida. Il lupo rosso al centro era il più grande. Mi sarebbe bastato strappargli la testa per un'impressionante dimostrazione di forza, e gli altri sarebbero scappati a gambe levate.

Sarebbe così facile, mi sussurrò la parte più oscura di me. *Uccidili tutti e prendi le loro donne per darle al branco.*

Ah, che fervida immaginazione: le femmine dei licantropi non volevano avere nulla a che fare con i Berserker.

Fissai i miei pensieri sulla nostra amata, che mi stava aspettando nella stanza da bagno, con il corpo avvolto dal vapore che si alzava dall'acqua. L'immagine tenne la bestia occupata finché non sentii Wulfgar rispondere a uno degli Alpha del Branco Rosso.

«Samuel non è qui. Ma c'è qualcuno che parlerà per lui, uno che Samuel considera un fratello. Lui parlerà per l'Alpha.» Wulfgar si fece in disparte, e lasciò che il Branco Rosso mi vedesse avanzare fuori dalla nebbia, nel gelo.

I miei occhi brillavano dorati; la bestia era così vicina alla superficie in quel momento, quando mi trovavo davanti al branco che aveva ucciso mia madre, cacciato mio padre e cercato di lapidare me. Ero cresciuto da allora, e il potere dell'Alpha mi aveva reso più forte, più veloce, più orgoglioso. O forse era stata l'accettazione del mio fratello guerriero e del branco che aveva giovato alla mia autostima. E ora avevo una donna per cui valeva la pena combattere. Potevo affrontare i miei carnefici del passato.

Mi avvicinai abbastanza da sentire i loro mormorii preoccupati.

«Mezzosangue», sputò uno del Branco Rosso.

Ringhiai a mo' di avvertimento, un suono che riecheggiò nei versi dei Berserker. Il Branco Rosso indietreggiò. Erano il doppio di noi in numero: erano venuti al completo, nel tentativo di scoraggiare probabili attacchi. Arricciai il labbro. Nemmeno mille eserciti avrebbero potuto affrontare i Berserker, se avessimo deciso di combattere.

«Sento l'odore della tua paura, lupo», dissi io. «Parla in fretta, prima che ci stanchiamo delle tue moine e decidiamo di sbudellarti.»

Uno dei leader del Branco Rosso prese parola. «C'è un altro branco che potrebbe essere una minaccia per voi.»

«Vuoi dire che rappresenta una minaccia *per voi*. Nulla può spaventare un Berserker.»

«Una minaccia per entrambi. Dopotutto, cosa impedisce al Branco Rosso di allearsi con questi nuovi Berserker per annientarvi?»

«Il fatto che ti piace avere la testa attaccata alle spalle.»

«Abbiamo un modo per mantenere la pace.»

Incrociai le braccia sul petto, sapendo che non mi sarebbe piaciuto.

«Sappiamo che avete una donna.»

Scrollai le spalle. «Prendiamo spesso delle puttane per divertirci.»

«Ma questa l'avete rivendicata» continuò il capo del Branco Rosso. «Si dice che sia più di una semplice sgualdrina di paese.»

Raggiunsi i legami del branco, mettendo in allarme tutti i lupi.

Come fanno a saperlo? Chiesi a Wulfgar. Il grande guerriero scosse la testa, un movimento impercettibile.

Nessuno dei nostri guerrieri ne ha parlato.

«Che importanza ha?» Finsi disinvoltura.

«Se c'è una donna che… controlla la maledizione… è una merce rara.»

«Lei è rara. Forte, bella, sottomessa. Disposta ad accettare l'uccello di un Berserker – non come le vostre donne» dissi sorridendo a una delle lupe. I suoi compagni chiusero i ranghi intorno a lei, impedendomi di guardarla.

«Devo credere a questo assurdo racconto? Che la donna che teniamo ha dei poteri speciali? È una bella scopata, sì, ma non ha una passera magica. Chi ti ha detto queste cose?»

«Io l'ho fatto.»

Riconobbi la voce prima ancora di girarmi. Lì, sull'altura, c'era un uomo. Era più magro dell'ultima volta che lo avevo visto. Le ossa delle costole sporgevano sotto la pelle segnata dai tatuaggi blu.

Maddox.

Fece qualche passo lungo la collina, ma non si avvicinò di più. Alcuni del suo branco apparvero dietro di lui. Molti erano biondi e corpulenti, avrebbero potuto benissimo essere fratelli di Samuel o Siebold. Sicuramente vichinghi.

«Ho visitato la loro montagna e ho scoperto il loro segreto. Ecco perché mi hanno condannato a morire.»Sorrise allegramente. «Meno male che non è facile uccidere un Berserker.»

«Vogliamo vivere in pace. Se c'è una donna che può guarire la bestia—»

Ringhiai una negazione.

«—Allora dovete condividerla.»

«Mai. L'abbiamo rivendicata: è nostra.»

«È la vostra vera compagna?» chiese Maddox, inclinando la testa di lato. Le sue parole erano un'eco di quelle di Yseult. Mi chiesi se lei avesse qualcosa a che fare con tutta quella storia.

«È legata a noi» mentii. «Se ci lascia, morirà.»

«Impossibile. Nessun'umana può legarsi a un lupo» disse il leader del Branco Rosso.

Mentre ripeteva ciò che avevo detto a me stesso per tanto

tempo, mi accorsi che non era vero. Brenna era speciale: era un'umana, ma aveva capacità che potevamo soltanto immaginare. Per la prima volta, vedevo le possibilità davanti a me come una strada spianata.

«Se non si è accoppiata con voi» continuò il leader del Branco Rosso, «sopravvivrà alla separazione.»

Mi concentrai sui problemi da risolvere ma, improvvisamente, sentii il vento cambiare.

Daegan. Qualcuno urlava il mio nome. Non Samuel, non qualcuno del branco, ma una voce più dolce, che non riuscivo a riconoscere. Lanciai uno sguardo a Maddox e alle sue guardie Berserker, e sentii il mio terrore aumentare.

«Non ce la porterete mai via» dissi, proprio quando sentii la voce urlare di nuovo il mio nome, in preda al panico.

Daegan!

Maddox sorrideva ma io non ne capivo il motivo. Cosa aveva fatto?

«Lei è nostra. Trovatevi un'altra che soddisfi i vostri bisogni» gli dissi ancora.

«Non spetta a voi decidere» rispose il leader del Branco Rosso. «Metteremo ai voti la questione. E il tuo voto sarà in minoranza, Berserker.»

Ringhiai, e i guerrieri alle mie spalle fecero lo stesso. Sentii la bestia attanagliarmi e, quella volta, le diedi il benvenuto. Stava accadendo qualcosa, qualcosa che non riuscivo a capire... ancora. «Vota quanto vuoi. Noi sosterremo la nostra richiesta con i denti e con gli artigli. Vuoi davvero votare mentre versi il tuo stesso sangue?»

Anche i Berserker di Maddox ci ringhiarono contro. I membri del Branco Rosso sembravano sempre più a disagio, intrappolati tra due contingenti di Berserker arrabbiati.

«Volete un combattimento? Ve ne daremo uno» sbottò Maddox. «Combatteremo per il nostro premio.»

«Non la prenderete mai.» Stavo perdendo il controllo

sulla bestia, scivolando sempre più nella sete di sangue Berserker. La vista mi si dipinse di rosso.

La mano di Wulfgar si chiuse sul mio braccio. *Beta, qualcosa non va.*

Sapevo che aveva ragione. Maddox e i suoi guerrieri aspettavano il nostro attacco. Stavano aspettando...

Feci un balzo indietro e cominciai a correre, anche se in ritirata. Tutto aveva senso, ora. L'invito alla Cosa, Maddox che annusava la montagna, la sua prigionia e la fuga. Era stato tutto pianificato, fin dal primo momento. Maddox era una spia, inviata per confermare le voci di corridoio sul nostro segreto. Quel raduno era soltanto un diversivo, progettato per allontanare le nostre forze più forti dal centro vulnerabile, l'unica persona che cercavamo di proteggere e nascondere.

Indietro, indietro, ordinai. *Alla montagna! Samuel è sotto attacco!*

Gli alberi mi sfrecciavano accanto in forme confuse mentre correvo. La bestia mi sopraffece e io la lasciai fare, approfittando dei poteri sovrumani per accelerare. Un accenno di pelliccia rossa sfrecciò davanti a me – Fergus, che correva davanti al branco. Il lupetto era il più veloce del gruppo.

Poi si avvicinò un'altra figura – un lampo di blu, alla mia destra. Maddox.

«Se nessuno di noi può averla, allora non l'avrà nessuno!»

Lo colpii col fianco, ma non lasciai che mi rallentasse. Se avesse cercato di fermarmi, gli avrei strappato le membra senza nemmeno sudare.

Stupido, stupido. Avrei dovuto lasciare la Cosa appena avevo visto Maddox. Pregai non fosse troppo tardi.

Man mano che mi avvicinavo a casa, le voci nei legami del branco diventavano sempre più forti.

Un'ondata di Berserker, stanno assaltando la montagna. Da

Sud. Le guardie sono state prese di sorpresa. Il sentiero principale è bloccato.

Samuel, sono qui. Gli inviai il messaggio nel nostro legame privato.

Daegan, cosa è successo?

Ragnvald ha pianificato tutto. La Cosa era una trappola. Dove sei?

Sto scappando dalla montagna attraverso un tunnel privato. Brenna è con me – sta bene.

Mi sentii sollevato.

Rimanete nascosti. Arriveremo al tramonto.

Diedi un'altra accelerata, e il branco rispose. La furia Berserker prese il sopravvento, aumentando la nostra percezione l'uno degli altri, così come il nostro bisogno di violenza. La montagna si sollevò dall'orizzonte. Il dolore mi attraversò le membra, non per lo sforzo, ma per i legami del branco: i nostri fratelli guerrieri stavano lottando, e morendo. Raggiunsi Wulfgar.

Dividiamoci. Un gruppo fiancheggerà gli attaccanti. L'altro terrà a bada i nostri inseguitori.

Mentre ci avvicinavamo alla montagna, sentii che lui mi avrebbe obbedito. Io, Fergus e altri due proseguimmo, intanto che Wulfgar e gli altri si fermarono per guardarci le spalle. Il lupetto rosso corse davanti a me, squarciando il terreno nella sua forma di bestia inferocita. Lo seguii fino alle nostre terre, poi lo superai per raggiungere i piedi della montagna.

Il primo degli uomini di Ragnvald trovò la morte prima ancora di riuscire a vedermi. L'enorme testa bionda mi passò davanti mentre mi voltavo, con gli artigli sporchi di sangue, per attaccare gli uomini sul sentiero principale fino alla caverna. Dagli ululati alle mie spalle, anche Wulfgar e gli altri stavano combattendo la loro battaglia.

Samuel? Dove sei?

Cercai di raggiungere l'Alpha mentre la bestia in me strappava altra carne Berserker. Dopo tanti anni passati a trattenermi, fingendo di essere soltanto un uomo, era un sollievo farmi comandare dal mostro. Il nemico era forte ma lento, come se spento. Mi chiesi quanto fosse vicino alla follia il branco di Ragnvald, e se il loro Alpha fosse lì. Maddox aveva ragione – Ragnvald doveva essere proprio disperato, pazzo, per attaccarci lì.

Sono qui, Samuel mi inviò l'immagine del tunnel che avrebbe portato lui e Brenna ai piedi della montagna.

Rimanete lì. Li sconfiggeremo.

Daegan, si strozzò sulle sue stesse parole, mandandomi altre immagini, troppo velocemente perché potessi vederle chiaramente: i Berserker di Ragnvald, l'attacco, Samuel che nascondeva Brenna nelle caverne. La bestia in lui stava cercando di liberarsi per affrontare la minaccia. La sua vista stava cominciando a diventare rossa.

Resta nascosto, gli inviai la mia supplica in preda al panico. Altri Berserker di Ragnvald si precipitarono giù per la montagna per affrontarmi. Mi abbassai e li schivai, incassando i loro colpi e ricambiando con i miei. La mia pelle venne attraversata da un centinaio di artigli, ma non sentii nulla, tranne quando abbattevo un altro nemico e ne desideravo altri.

Siamo all'entrata del tunnel. Samuel mi inviò l'immagine. *Brenna sta bene.*

Non cercare di combattere, Alpha. Inciterebbe la bestia.

Un lampo blu mi passò accanto, e io lasciai scappare il mostro che mi stava davanti per seguirlo. Maddox era il più pericoloso dei nostri nemici, esperto d'inganni com'era. Alle mie spalle, i Berserker di Ragnvald caddero per mano dei nostri guerrieri, tranne quelli che si voltarono e scattarono dietro al loro Beta tatuato.

Corsi dietro di loro, girando intorno alla montagna, con

l'intenzione di catturare Maddox finché non mi accorsi di dove fosse diretto: la fossa.

«Samuel»,il ringhio di Maddox scosse tutta la montagna. «Vieni ad affrontarmi. Codardo – mi hai lasciato a morire. Affrontami come un guerriero.»

No, Samuel! Sentii la bestia sepolta nella parte più profonda del mio Alpha alzare la sua mostruosa testa. Era troppo tardi. Nella foga dell'attacco, la bestia rispondeva a una sfida. La presenza dei nostri nemici, la battaglia portata nella nostra casa, la minaccia alla nostra amata furono sufficienti a spezzare l'attento controllo di Samuel, e a mandare la sua sete di sangue a infiammare lui e l'intero branco. Prima che la sanità mentale fosse persa del tutto, inviai un ultimo, disperato messaggio: *Lascia Brenna, corri!*

Un ruggito scosse la montagna. Maddox fermò i suoi passi e i suoi guerrieri si bloccarono con lui. Mi avventai su di lui, sperando di affondare gli artigli nella sua carne. Si voltò, con una luce folle negli occhi.

«È finita, Beta. Hai perso.»

Prima che potessi toccarlo, mi schivò. Mi fermai, rifiutandomi di inseguirlo. Brenna era nel tunnel con un Samuel infuriato. Dovevo proteggerla.

Prima che potessi correre da lei, un altro ruggito risuonò nell'aria, impregnato di magia contaminata. Mi lasciai cadere sulla pancia, rabbrividendo. La bestia in me stava lottando, selvaggiamente, per sfuggire al mio controllo. La magia si riversò sui legami del branco, trascinando molti di loro alla deriva. Li sentii soccombere, trasformarsi in bestie fameliche senza nessun altro pensiero se non la distruzione.

Fu allora che la battaglia prese un'altra piega, e le forze di Maddox si ritirarono, oppure avevano già perso la vita. Non tutti erano abbastanza veloci da sfuggire alla bestia iraconda che era Samuel. La pelliccia dorata ricopriva il suo corpo deforme, con gli occhi rossi per la sete di sangue della bestia, sbranò i pochi nemici che erano rimasti indietro.

Mi trascinai sull'erba fin quando riuscii a intrufolarmi nel tunnel. Brenna era lì, rannicchiata su se stessa, tremante.

«Va tutto bene, piccola» sibilai quando si scostò da me. Sapevo di sembrare un mostro: il corpo metà uomo, metà lupo. Ma la bestia non aveva ancora preso piede. Serrai la mente per tenere lontana la follia che vorticava nei legami del branco. «Dobbiamo andare. È finita. Samuel ha perso il controllo. Si scatenerà fino a morire.» Le presi un braccio, sollevandola. La portai in braccio nella radura, chiedendomi dove sarei corso via. I cadaveri dei Berserker giacevano laddove erano morti, segnando il punto dove era stato Samuel. Brenna sussultò e si aggrappò a me.

Avevamo quasi raggiunto la foresta quando venimmo investiti da un vento che trasportava il fetore del sangue e della magia contaminata.

«Corri, bimba», urlai, spingendo in avanti Brenna e voltandomi per affrontare il Samuel sfigurato. Artigli lunghi come coltelli pendevano dalle sue braccia coperte di pelo. Ruggì in segno di sfida e io cominciai a correre, sfrecciando dalla parte opposta di Brenna per tentare di depistarlo.

Funzionò. La bestia che una volta era Samuel mi seguì, artigliando il terreno nella sua fretta di prendermi. Feci una finta, poi un'altra ancora, sperando di ingannarla per farle abbandonare l'inseguimento.

I miei sforzi fecero soltanto arrabbiare la bestia. La volta successiva che sfrecciai via, lei si affrettò e mi prese. Ruggii di dolore, e la bestia dentro di me alzò la testa, facendo diventare tutto rosso. Ma non potevo soccombere. Brenna sarebbe rimasta sola.

«Samuel, per favore» chiamai la creatura che un tempo era stata mia amica. Quegli occhi feroci non mi riconoscevano.

Sentii un rumore dietro di me, sommesso e spaventato, e mi voltai. «Brenna, no!»

La bestia di Samuel corse verso la donna. Era entrata nella radura, esposta e senza nessuna protezione. Imprecai correndo, urlandole di nascondersi. Lei rimase in piedi mentre la bestia correva verso di lei—

E cadde, a pochi metri dal prenderla. Quell'intelligente, sciocca ragazza aveva trascinato dei rami frondosi sulla bocca della fossa. La bestia non li aveva notati finché non si erano rotti sotto il suo peso.

Samuel cadde, infilzando gli artigli nelle pareti laterali della fossa, ruggendo mentre precipitava giù. La radura tremò quando atterrò – la forza magicaa frustare gli alberi come un vento di tempesta.

Mi precipitai da Brenna. «Maledetta ragazzina sciocca, avresti potuto essere uccisa!» La strinsi a me e le baciai i capelli. La bestia di Samuel raschiava il fondo della fossa, emettendo un ruggito patetico. Riluttante, allontanai Brenna. «Vieni, piccola, dobbiamo andarcene.»

Dopo pochi passi, Brenna si ribellò, tirandomi il braccio finché non mi fermai e mi voltai. Mi si spezzò il cuore al pensiero di lasciare il mio amico, il mio Alpha di un tempo, lì a morire come un topo in trappola, ma sapevo che era la cosa migliore da fare. Brenna girò il suo bellissimo viso testardo verso il mio. Le sue mani fluttuarono in aria mentre esprimeva le sue parole a gesti.

Samuel. Intrappolato.

«Mi dispiace. Dobbiamo lasciarlo.»

La fossa. Salvalo.

«Ascoltami...» Le cinsi il viso con entrambe le mani. «La bestia lo ha ancora in pugno. Anche se riuscissimo a tirarlo fuori, non sopravvivrebbe. Potrebbe ucciderci, e morirebbe comunque. Samuel non c'è più.»

*No.*Gesticolò ancora. *Salvalo.*

«Non possiamo salvarlo. Non pensi che l'avrei già fatto se avessi potuto?»

Lasciò cadere le mani. Le presi il braccio per farla allontanare, ma lei si oppose silenziosamente, scalciando e lottando finché non la portai sull'erba. Avrei potuto portarla via facilmente, ma la mia bestia era vicina alla superficie, e non volevo che si destasse e le facesse del male. Le strinsi i polsi al punto di farle male – lei trasalì – e ringhiò. «Dobbiamo andarcene, adesso. E non ritorneremo mai più.»

No. No.

«Mi dispiace. Piangi per lui quando saremo lontano e tu sarai al sicuro.»

Lasciami andare, mi disse a gesti.

«Cosa farai? Perderai tempo a piangere per lui? Era anche mio amico. Lo onoreremo andando via per vivere le nostre vite.»

Aspettai annuisse. Le lacrime le brillavano negli occhi. Le mie dita si avvolsero attorno ai suoi polsi mentre ci alzavamo dal terreno e davamo le spalle alla fossa.

Un errore. Non appena la mia presa si rilassò, Brenna tirò via il braccio.

«No, piccola—No!»la chiamai, ma era troppo tardi. Corse davanti a me, fermandosi al bordo del buco nero per lasciarsi cadere. Senza fermarmi, mi lanciai dietro di lei.

Ci lasciammo cadere insieme nell'oscurità, e la presi tra le mie braccia, avvolgendo il mio corpo attorno al suo per assicurarmi di essere il primo a colpire il suolo. Rocce e radici mi graffiarono la pelle e la forza della caduta mi strappò l'aria dai polmoni, ma alla fine Brenna cade su di me come avevo programmato. Rotolammo insieme sul fondo, e io finii raggomitolato attorno a lei, facendo del mio meglio per attutire la sua caduta. Sentii alcune ossa romparsi, ma la magia mi attraversò insieme a quel dolore, riannodando le ossa rotte e guarendo le ferite. Giacevo contorcendomi in un'agonia senza respiro, tenendo il peso della mia donna contro il mio corpo livido e pregando non fosse ferita.

Le mie preghiere vennero esaudite quando Brenna si mosse. Si alzò in piedi, riparandosi gli occhi dal sottile fascio di luce che penetrava all'interno della fossa. La luce metteva in risalto il suo meraviglioso corpo. La caduta l'aveva stordita, ma ne era uscita illesa. Era più forte di quanto sembrasse, come aveva detto Samuel.

Fu allora che mi ricordai di Samuel. Brenna fece un passo verso le ombre scure sul lato più lontano della fossa, e io le incatenai le dita alla caviglia per fermarla dall'andare da lui.

«No, piccola. È troppo pericoloso.»

Brenna si inginocchiò, dando uno sguardo al mio corpo. I suoi capelli mi solleticarono il petto nudo e il mio membro prese vita come se fossimo di nuovo nei nostri alloggi, sulla nostra pedana che usavamo come letto, e non in una fossa dimenticata dagli Dei costruita per intrappolare un Alpha in preda alla follia.

C'era della magia laggiù, potente e spessa come nebbia, che mi vorticava nella testa, portando via ogni briciolo di buon senso. Avevo bisogno del mio ingegno per combattere la mia bestia e quella di Samuel, per proteggere la mia amata il più a lungo possibile.

«Perché l'hai fatto, bimba?»sussurrai, mentre la magia guariva le mie costole rotte e la mia schiena.

Vostra, gesticolò. *Per sempre.*

Si alzò di nuovo, eludendo la mia presa e avviandosi nel denso flusso di luce che era il nostro ultimo collegamento con il mondo esterno.

Fermò i suoi passi quando Samuel ringhiò. Il suono riverberò in quello spazio chiuso, facendomi rizzare i capelli in testa. Mi sforzai di posizionarmi su un fianco, facendo una smorfia di dolore.

Per favore, Samuel. Pregai il mio ex Alpha usando il nostro

157

legame fraterno, ma il percorso fino ai suoi pensieri era stato interrotto, le estremità scheggiate facevano male quando una volta davano conforto. Samuel non c'era più, era rimasta solo la bestia.

Era stata una fortuna che la caduta, probabilmente, aveva ferito anche lui. Almeno, quello era il motivo per cui pensavo che non ci aveva attaccati immediatamente.

Mi presi un momento per gettare uno sguardo al luogo sotterraneo che sarebbe stato la nostra tomba. La terra era disseminata qua e là di piccoli teschi di topi e uccelli – le piccole creature che probabilmente l'ultimo prigioniero aveva attirato nella fossa per nutrirsene. Mi guardai intorno per cercare le lance di Siebold, ma erano sparite. Forse Maddox se ne era avvalso per scappare, usando la sua forza Berserker per conficcare le lance nelle pareti della fossa e arrampicarsi fino all'uscita, a mani nude. Persi un secondo per maledire Siebold.

Maddox aveva anche allargato il fondo della fossa, graffiando e artigliando un solco intorno al bordo. Era lì che si nascondeva Samuel, una bestia di ombra e magia, solo la sottile luce del Sole osava spingersi fin lì nella terra.

Probabilmente era un bene che fossimo intrappolati tutti e tre insieme, anche se dall'impostazione del mento di Brenna, era palese non avesse intenzione di morire lì. Infatti, rimase nel cerchio di luce a fissare la bestia nell'oscurità.

Quando fece un altro passo verso di lui, quest'ultimo emise un altro ringhio e io trovai abbastanza forza da alzarmi e frappormi tra lei e l'Alpha.

«Samuel. Siamo qui, fratello.»

Il suo ruggito venne accompagnato da un'esplosione di magia. Caddi sulle ginocchia, lottando contro la trasformazione mentre la mia bestia si faceva avanti. Per un breve attimo mi chiesi che fine avesse fatto il branco. Erano fuggiti, guidati dalla forza e dalla calma di Wulfgar? La sua figura di

Alpha era stata sufficiente a salvarli dalla follia? I miei pensieri svanirono quando la foschia rossa della bestia si impadronì della mia vista. Vidi il pallido corpo di Brenna ondeggiare accanto al mio gomito. Dietro di lei, riuscivo a vedere la macchia scura dell'aura sanguinolenta di Samuel.

Un paio di mani fredde toccarono la mia pelle, e tornai in me.

«Samuel»,soffocai, «lei è qui. La nostra compagna è qui. Lei non ti lascerebbe mai.» Perché lei era la nostra vera compagna. Né l'uomo né il lupo potevano negarlo. «Devi sconfiggere la bestia per lei. Per la nostra compagna.»

Un altro ringhio, un suono selvaggio. La bestia non riconosceva nessuna compagna.

Strinsi Brenna al mio petto in un abbraccio, chiedendomi quanto velocemente saremmo morti.

Improvvisamente, sentii un'eco, un suono, una voce dolce. Veniva da molto lontano, riecheggiava tra i miei pensieri: una donna chiamava il nome di Samuel. Non era udibile, soltanto un anelito psichico. Una ninna-nanna di perdita e redenzione, un invito a ritornare a casa. Potevo quasi vederlo, un filo argenteo che partiva da dove eravamo e arrivava fino all'oscurità dove Samuel era rannicchiato, in preda alla vergogna.

Vieni fuori, Samuel. Disse la canzone mormorata. *Vieni nella luce.*

La mia presa sulla nostra donna si allentò, e lei lasciò le mie braccia per spingersi in avanti. Brenna sembrava l'unica a non essere toccata dalla musica misteriosa.

La bestia di Samuel ruggì di nuovo.

Caddi in ginocchio, combattendo contro la trasformazione. Quello era ciò che temevo: la nostra fragile amata intrappolata tra due esseri malvagi. Ma ero impotente a resistere al richiamo del mio ex Alpha. Le mie mani si trasformarono in artigli. La mia schiena si inarcò e la colonna vertebrale schioccava mentre mi trasformavo. Il dolore mi attraversò, un'esplosione di energia che mi avrebbe permesso di uccidere.

Sarebbe stato così facile mettere fine a tutto, porre fine alla miseria di Brenna di essere accoppiata a bestie in calore. Sarebbe stato meglio, e anche molto veloce, sarebbe bastato soltanto strattonare un collo così fragile.

No, Brenna...La nostra compagna. Mi sforzai di ricordarla, di ricordare la sua dolce e morbida pelle, i suoi sospiri mentre dormiva, lei che giaceva nuda tra noi.

Vieni fuori, amore mio, vieni nella luce.

Mentre la bestia prendeva il controllo, i miei occhi si adattarono all'oscurità. Vidi la mia amata e, dietro di lei, Samuel che si contorceva nell'ombra. La magia lo stava mangiando vivo. Era ferito, si nascondeva, la sua ferocia era soltanto il bluff di un animale ferito. Annusai l'aria e sentii l'odore della sua debolezza. Paura. Desiderio. Come un cucciolo per sua madre. Un vecchio per il suo riposo.

Le mie dita afferrarono l'estremità del mio seax – un coltello lungo e pesante. Con un grugnito, lo gettai accanto a Brenna. Lei guardò in basso. La ninna-nanna non interruppe mai il suo ronzio argenteo.

Volevo sdraiarmi e morire con quel bellissimo suono nelle orecchie.

Brenna sarebbe stata salva se fossi morto. Aveva il seax, quindi avrebbe potuto uccidere Samuel. Sarebbe stato facilissimo.

«Brenna»,gracchiai, e il suo nome venne fuori simile a un ringhio. «Uccidilo...»

Brenna ignorò l'enorme coltello ai suoi piedi. Invece, fece un passo in avanti.

Si inginocchiò, davanti a Samuel. La sua testa si inclinò per offrire la sua gola nel gesto di sottomissione che le avevamo insegnato.

Osservandola, odiai me stesso. L'avevamo ridotta a un giocattolo. Le avevamo insegnato a inginocchiarsi e a supplicarci quando avremmo dovuto insegnarle a combattere.

Lei allungò una mano, e il canto magico diventò più forte. Un ringhio nel buio, un suono curioso.

Chinai la testa, preso dalla voglia di strapparmi gli occhi, perché non sopportavo l'idea di dover vedere la morte della mia amata. Con gli occhi della mente, la vedevo ancora: una donna in ginocchio, con le braccia protese verso una bestia di ombre e rabbia.

Quando aprii di nuovo gli occhi, la bestia, la figura mostruosa tra uomo e lupo, si era spostata alla luce. Brenna non si era mossa.

Samuel, Samuel. Arrivò un'altra eco psichica. *Raggiungi la pace.*

Sentii un cambiamento persino nel mio petto. La bestia regnava ancora, ma era silenziosa, controllata. I pezzi del vero me si incastrarono insieme con una magia perfetta, come se la macchia velenosa si fosse sciolta e fosse sparita.

Samuel si trasformò, come un lupo sotto il comando del suo Alpha. Il lupo si spinse delicatamente contro la mano di Brenna, innocuo.

Alcune forze vengono dalle asce o dalle spade, dagli artigli o dai denti. O dalla magia.

Alcune forze vengono dall'interno. Dall'amore di un'amante. Brenna aveva visto la bestia, ma non era scappata: l'aveva affrontata. Le avevamo mostrato chi eravamo davvero, e ci aveva accettati.

Mi alzai in ginocchio sul terreno fresco e asciutto. Samuel si trasformò di nuovo, questa volta in un uomo. La bestia guardava la scena dai suoi occhi ma, quando parlò, era di nuovo Samuel.

Si piegò e strinse il mento di Brenna, che era ancora inginocchiata. «Ci hai conquistati.»

CAPITOLO 12

entre la Luna sorgeva sulla terra scura, raggiunsi il branco, richiamandolo dove si era disperso. Al mattino sarebbero tornati per recuperare Samuel, me e Brenna dalla fossa ma, quella notte, quella magica notte, sarebbe stata solo nostra.

Brenna si mise in piedi tra le braccia di Samuel, accarezzandogli il volto con meraviglia. Lui la tirò contro di sé, e io mi avvicinai abbastanza da premere contro la sua schiena. Lei ansimò e fremette tra noi e le nostre mani avide. Non riuscivamo a smettere di toccarla, di percorrere le sue carni lisce e illese con le mani.

«Non sei scappata», disse Samuel con stupore. «Tu non sei scappata.» Lei premette la guancia contro il suo palmo.

Scendemmo a terra. Tenni Brenna tra le braccia mentre Samuel usò un artiglio per tagliarle il vestito dal collo alle ginocchia. Quando il tessuto si separò, liberò il suo meraviglioso profumo. Inclinandole il viso, la baciai, palesandole il mio bisogno attraverso l'insistente pressione delle mie labbra sulle sue.

Spostò il suo sedere sul mio grembo, strofinandolo

contro di me anche quando le sue braccia si allungarono verso Samuel. Un disperato bisogno di prenderla ci risvegliò — sentii la lussuria scorrere nel legame, una passione furiosa, un'onda di desiderio.

Le mie dita scivolarono nella fessura del suo sedere, mentre Samuel si chinò su Brenna per fissare la bocca sul suo centro. Le gambe di lei tremavano intanto che le dava piacere con la lingua. Si fermò quando si accorse che stava raggiungendo il culmine.

La prenderemo insieme.

Io annuii. Il mio dito si inserì all'interno delle sue natiche, usando i suoi copiosi umori per facilitare il compito. Avremmo rivendicato il suo culo e la sua figa insieme, sprofondando dentro di lei con tutta la nostra passione finché non avrebbe capito che era nostra, per sempre.

Non l'avremmo mai lasciata andare.

«Sì, è il momento.»

Samuel si sdraiò e posizionò la nostra amata sulla sua spessa asta. Lei ci scivolò lentamente sopra, guidata dalle braccia muscolose di lui. Sul suo volto era palese la tensione, anche quando mi fece un cenno.

«Ora.»

Piegandomi su di lei, la spostai in avanti per inserirmi nel suo sedere. Rabbrividì mentre mi facevo strada in quel punto ancora inesplorato.

«Tranquilla, ragazza.» Le accarezzai la schiena, dandole un attimo per abituarsi. Era stretta, così stretta… Riuscivo a sentire il membro di Samuel nella sua intimità bagnata, e quando mi sporsi in avanti per massaggiarle il clitoride, toccai anche lui.

Brenna inarcò la schiena, prendendo altri centimetri dentro di sé. Samuel le spostò i capelli dal viso.

«Sei così brava», la incoraggiò. «Sei un miracolo.»

Il mio uccello scivolò fino in fondo nel posteriore della

mia amata. Mi mossi delicatamente, con spinte superficiali, per farla abituare al movimento. All'inizio si irrigidì, poi si rilassò. Le baciai la soffice spalla.

«Ci fai godere, piccola.»

«Sei nostra»,disse Samuel sulle sue labbra. «Per sempre.»

Lui cominciò a muoversi sotto di lei, con i fianchi che roteavano piano. Lei si mosse tra noi mentre il suo respiro le scappò dalle labbra sotto forma di piccoli ansimi. Samuel le accarezzò i seni, io invece continuai a massaggiarle il clitoride. Il sangue mi rimbombava nelle orecchie. La fame della bestia prese il sopravvento, inducendomi a muovermi con più rapidità. Le scostai i capelli da una liscia spalla pallida per posarvi la bocca sopra. I miei denti le bucarono la pelle.

Segnatela. La bestia in me parlò sia a me che a Samuel. *Fatela vostra.*

Con un grido roco, Samuel si sollevò, continuando a martellare Brenna con i fianchi mentre i suoi denti reclamavano l'altra spalla.

Le zanne crebbero nella mia bocca. La mia testa scattò in avanti per il bisogno e la mia mascella si chiuse sulla sua spalla. La bestia era insaziabile. Il suo sangue mi riempì la bocca.

Lei si dimenò tra noi, sospesa tra il piacere e il dolore. Sussultai e venni in lei, riempiendole il culo col mio seme. Samuel, invece, venne in un ruggito.

Brenna gettò la testa all'indietro, indebolita dal piacere. Io seppellii il volto nei suoi capelli, assaporando il suo sangue dolce. La bestia ululò il suo piacere mentre mi stesi e mi addormentai.

* * *

Ci svegliammo in un groviglio di arti. Brenna giaceva in mezzo a noi.

Mi rivolsi a Samuel attraverso il legame fraterno. Il percorso mentale era ancora lì tra noi, forte e sicuro, come se lo fosse sempre stato.

Cosa è successo?

La bestia ha preso il controllo, ma lei è sopravvissuta.

Improvvisamente mi tornò la memoria e, preso dal panico, spostai i capelli di Brenna per osservare che tipo di ferite le avevamo inflitto marchiandola. Samuel fece lo stesso, ed entrambi accarezzammo meravigliati la pelle intatta della sua spalla.

«Che magia è questa?»

Invece di una ferita sanguinante, tutto ciò che rimaneva dei nostri marchi di rivendicazione erano due serie ordinate di punture, guarite splendidamente.

Samuel percorse col dito i segni che le avevamo inflitto sulla spalla destra. «Il morso di accoppiamento.»

«Questo significa...» mi strozzai sulle mie stesse parole. Calore di accoppiamento, legame di accoppiamento, morso di accoppiamento.

Lei si svegliò proprio in quel momento, e noi lo capimmo prima ancora che potesse aprire gli occhi. Era la nostra compagna ora, ed eravamo connessi come se la sua mente fosse collegata alle nostre. Quando aprì gli occhi, ci vide osservare entrambe le sue spalle. Guardò prima me, sorridendomi mentre portavo la sua mano alle mie labbra. Poi la sua testa si voltò verso l'Alpha, accarezzandogli i lineamenti leonini come alla ricerca di una traccia di follia. Quando si assicurò che non ce ne fosse, il suo sorriso diventò più ampio.

Fu allora che sentimmo la sua dolce voce nelle nostre menti, chiara e bella come il canto degli uccelli nella brezza del mattino.

Ciao, Samuel.

Grazie a tutti coloro che hanno recensito *Venduta ai Berserker* e che mi hanno incoraggiata a scrivere ancora della serie dei Berserker. La storia di Samuel, Daegan e Brenna continua nella puntata finale *Allevata dai Berserker*, disponibile gratuitamente solo per i membri della lista e-mail di Lee Savino. Iscriviti oggi scaricando il Libro Gratuito offerto su https:// geni.us/BredBerserkersIT.

LIBRO GRATUITO

Ricevi un libro segreto sui Berserker, "Allevata dai Berserker"
(solo per i fan più accaniti sulla lista e-mail di Lee=)
Vai qui per cominciare… https://geni.us/BredBerserkersIT

LA SAGA DEI BERSERKER

Per più di un secolo, i guerrieri Berserker hanno combattuto e ucciso per i re. Ma c'è un solo nemico che non possono sconfiggere: la bestia dentro di sé.

Venduta ai Berserker
Accoppiata ai Berserker

Allevata dai Berserker (solo per i fan più accaniti sulla lista e-mail di Lee=)

Presa dai Berserker
Data ai Berserker
Rivendicata dai Berserker

LE SPOSE BERSERKER

Salvata dai Berserker
Catturata dai Berserker
Rapita dai Berserker
Legata ai Berserker
Piccoli Berseker
Posseduta dai Berserker
La Notte dei Berserker
Domata dai Berserker
Comandata dai Berserkers

I GUERRIERI BERSERKER

Ægir
Siebold

 **omanzo Paranormale**

LA SAGA DEI BERSERKER. Questi valorosi guerrieri non si fermeranno di fronte a niente per rivendicare le loro compagne...Comincia con Venduta ai Berserker

ALFA RIBELLI, con Renee Rose (cattivi ragazzi licantropi) – comincia con Tentazione Alfa.

ROMANZI CONTEMPORANEI

IL MIO DADDY È Un Marine

SU LEE SAVINO

*L*ee Savino, scrittrice di successo dello USA Today, scrive libri incentrati principalmente su storie d'amore "smexy". *Smexy* è una combinazione di "smart" e "sexy", quindi Sexy e Intelligente, esattamente come i suoi personaggi. Trovala sul gruppo Facebook "Goddess Group" e scarica il suo libro gratis su www.leesavino.com!

Se non sei ancora sazio di ménage, dai un'occhiata alla serie Draekon! Se vuoi altri licantropi sexy, invece, dai un'occhiata alla sua serie chiamata Alpha. Lee ha scritto molti libri, ma queste due saghe dovrebbero tenerti impegnato per un bel po'!

Puoi trovarla su:
www.leesavino.com

 Creato con Vellum